OOPSY DAISY - DEUTSCHE AUSGABE

WICKED GOOD MYSTERY SERIES

LUCY MAY

OHNE TITEL

»Das Gänseblümchen steht für Einfachheit und Natürlichkeit.«
-Robert Burns

KAPITEL EINS

MOIRA WICKED

Der Frühling hatte mit voller Wucht Einzug gehalten. Egal wie oft ich den Frühling in Charm Cove, Maine, erlebte, der schnelle Wechsel zum wärmeren Wetter verblüffte mich jedes Mal aufs Neue. Von eisigen Nächten und kühlen Morgen, an denen die Sonne den Frost vom Gras schmelzen ließ, bis hin zu Blumen, die plötzlich zum Leben erwachten. Die Tage wurden länger mit dem Zauber des Sonnenaufgangs, und die Sonnenuntergänge wurden noch prächtiger. Die salzige Brise, die vom Atlantischen Ozean herüberwehte, war im Frühling noch etwas kühl, aber längst nicht so schneidend wie im Winter.

Eines Nachmittags verließ ich die Arbeit und nahm eine Abkürzung über die Stadtwiese zu meinem Auto. Sobald die Touristensaison in unserem geschäftigen kleinen Städtchen begann, parkte ich auf dem Bereich, der nur für Geschäftsinhaber reserviert war. Wir zogen es vor, die Parkplätze hinter dem Laden für Touristen freizuhalten, die Persnickety Potions & Gifts besuchten. Wir waren zwar noch nicht in der Hochsaison für Touristen angelangt, aber es wurde schon lebhafter.

Als ich etwa in der Mitte der Wiese war, wehte ein Windstoß ein Gänseblümchen durch die Luft, das auf meiner Schulter landete. Ich pflückte es ab und lachte leise. »Na, das ist ja seltsam«, murmelte ich vor mich hin.

Ich dachte mir nichts dabei und ging weiter. Als ich den Gehweg auf der anderen Seite der Wiese überquerte, fiel noch ein Gänseblümchen vom Himmel.

Okay, das ist noch seltsamer.

Als ich bei meinem Auto ankam, war ich überrascht, ein Gänseblümchen auf der Windschutzscheibe zu sehen. Das war nicht mehr nur merkwürdig oder seltsam, das wurde langsam richtig verrückt. Ich schüttelte den Kopf und tat es als eigenartigen Nachmittag ab.

Auf dem Heimweg landeten drei weitere Gänseblümchen auf meiner Windschutzscheibe, prallten gegen das Glas und wurden dann weggeweht. Obwohl ich alles über Magie wusste und fest an ihre Existenz glaubte – schließlich *war* ich eine Hexe mit eigenen Kräften – entschied ich mich, die realistischste Erklärung in Betracht zu ziehen. Jemand musste im Garten gearbeitet haben und war dabei, Grünabfälle wegzuschaffen, in denen sich jede Menge Gänseblümchen befanden. Das sagte ich mir zumindest. Es war das plausibelste Szenario, das mir einfiel. Meine innere Erklärung wurde dadurch unterstützt, dass ich auf dem restlichen Heimweg keine weiteren Gänseblümchen mehr sah.

Am nächsten Morgen schien die Sonne hell über dem Ozean, und Charm Cove zeigte sich von seiner üblichen, malerischen Seite – ein charmantes, idyllisches Städtchen an der felsigen Küste von Maine. Ich beendete gerade mein Frühstück und trank meinen Kaffee zusammen mit Liam Good, meinem Verlobten.

An diesem Morgen war nichts Ungewöhnliches. Das heißt, bis mein Kater Ghost durch seine Katzenklappe von der hinteren Veranda hereinstürmte, mit zwei Gänseblümchen im Maul und einem weiteren, das in seinem Halsband steckte. Ghost, ein normalerweise würdevoller Kater, dem es irgendwie gelang, sein glänzend weißes Fell makellos zu halten, obwohl er die meiste Zeit draußen herumtollte, sah regelrecht empört wegen der Gänseblümchen aus.

Ich schaute zu Liam hinüber und meinte: »Ich nehme an, er hat die Gänseblümchen gefangen, weil er sauer auf sie war.«

Als wolle er meinen Punkt beweisen, ließ Ghost die Gänseblümchen auf den Boden fallen und schüttelte dann seinen Kopf, um die Blume aus seinem Halsband zu lösen.

»Das ist so seltsam. Gestern Abend, wie ich dir erzählt habe, gab es diese Gänseblümchen, die vom Himmel heruntergeweht wurden. Hast du welche gesehen?«

Liam erhob sich von dem Hocker, auf dem er an der Küchentheke gesessen hatte, ging herum und stellte seine leere Kaffeetasse in die Spüle. Sein schwarzes Haar war noch feucht von der Dusche und seine blauen Augen leuchteten im frühen Morgenlicht. Er schüttelte den Kopf. »Nein, aber ich bin auch früher als du nach Hause gekommen gestern.«

Ich stand auf und ging zur Verandatür mit dem Fliegengitter. Ich öffnete die Tür und trat hinaus, wo ich Gänseblümchen *überall* vorfand. Ich hörte Liam hinter mir kommen, die Fliegengittertür schwang zu, als er auf die Terrasse trat.

»Wow«, sagte er.

»Was in aller Welt ist hier los?« rief ich aus.

Die gesamte Terrasse jenseits des Fliegengitters war mit Gänseblümchen bedeckt, ebenso wie der Rasen hinter dem Haus, der sich bis zum Atlantischen Ozean erstreckte. Charm Cove lag etwa in der Mitte der Küste von Maine.

Das Kutscherhaus, das ich mir mit Liam teilte, stand auf einer Klippe mit Blick auf den Ozean. Gänseblümchen bedeckten den Boden bis zur Klippe. Hinter der Klippe konnte man sehen, wie sie am Rand des Wassers umhergewirbelt wurden und sich bis knapp hinter die Brandung erstreckten. Gänseblümchen waren über die Oberfläche des schiefergrauen Ozeans verstreut, und die Sonne warf Lichtfunken auf das Wasser zwischen ihnen.

»So viel zu meiner Theorie gestern, dass jemand Gartenarbeiten gemacht haben muss, die ein bisschen zu enthusiastisch waren«, murmelte ich.

Liam lachte. »Oh, das kann man wohl sagen.«

Als würden sie zustimmen, fielen ein paar Gänseblümchen vom Himmel, eines landete auf meiner Schulter und zwei weitere flatterten auf die Terrasse.

———

Später am Vormittag, nach einigen Anrufen in Charm Cove, wussten wir nur, dass es überall Gänseblümchen gab. Vom Himmel regneten buchstäblich Gänseblümchen. Es kam in kleinen Schüben, wobei Büschel der liebenswürdigen Blumen zufällig vom Himmel fielen.

Bei den Touristen, die die Gehwege und Geschäfte füllten, hörte ich den ganzen Morgen lang nur Gänseblümchen, Gänseblümchen, Gänseblümchen und nochmals Gänseblümchen. In Persnickety Potions & Gifts, dem kleinen Laden, den ich für meine Familie in Charm Cove führte, gab es einen stetigen Strom von Kunden, von denen viele Gänseblümchen vom Gehweg aufhoben und sich hinters Ohr steckten oder in ihr Haar flochten. Die ganze Zeit über liefen die Kommunikationskanäle zwischen den verschiedenen Hexenfamilien in Charm Cove heiß – per Telefon, SMS und persönlich.

Als die Mittagszeit nahte, trat ich auf den Gehweg hinaus. Persnickety Potions & Gifts lag am Charming Way, einer der belebtesten Straßen der Innenstadt. Direkt gegenüber befand sich die Stadtwiese, die auf der anderen Seite vom Wicked Way gesäumt wurde.

Charm Cove war eine typische neuenglische Stadt mit niedlichen kleinen Geschäften, alten Kolonialhäusern und einer kleinen Innenstadt rund um die Stadtwiese. Es war so charmant wie immer an diesem Mittag eines Frühlingstages, mit der Ausnahme, dass Gänseblümchen die gesamte Innenstadt bedeckten. Es war definitiv Ansichtssache, ob das den Charme steigerte oder nicht.

Als ich mich umschaute, fiel ein Schauer von Gänseblümchen vom Himmel, einige landeten in meinen Haaren. Ein Mann, der mit einer Kamera die Straße entlangging, hielt inne und machte schnell ein Foto von mir. Ich erkannte ihn nicht, musste mich aber nicht lange fragen, wer er war, nachdem er neben mir stehen geblieben war.

»Hallo, ich bin Reporter von der *Maine News & Gazette*. Charm Cove ist heute Morgen in allen Nachrichten. Würden Sie mir ein Interview geben?« fragte er.

Ich war etwas benommen beim Anblick der Gänseblümchen überall und versuchte immer noch, zu begreifen, was zum Teufel hier vor sich ging.

»Ach übrigens, mein Name ist Dale. Dale Anderson«, fügte der Mann hinzu.

Mit einem mentalen Ruck konzentrierte ich mich auf ihn. »Guten Morgen. Sind Sie gerade erst heute Morgen hierher gefahren?« fragte ich.

»Oh ja. Ich bin von Portland hierher gefahren und vor etwa einer halben Stunde angekommen. Ich bin durch die ganze Stadt gefahren. Überall sind Gänseblümchen.«

»Wo fangen sie an?« fragte ich.

Da ich heute Morgen nur innerhalb der Stadtgrenzen gewesen war, war ich sehr neugierig zu erfahren, wo dieser Gänseblümchensturm seinen Ursprung hatte.

»Ich bin über die I-295 und dann auf die Route 1 gekommen. Wenn man die Ausfahrt von der Route 1 nimmt, beginnen die Gänseblümchen. Es ist zunächst ein bisschen dünn gesät, aber sobald ich das Schild für die Stadtgrenze passiert habe...« Er machte eine Pause und lachte. »Nun, da gibt es überall Gänseblümchen, genau wie hier«, erklärte er und gestikulierte mit der Hand.

Es gab Gänseblümchen *wirklich* überall, wohin ich blickte. Die stattliche Balsamtanne in der Mitte der Stadtwiese sah albern aus mit Gänseblümchen, die überall darauf drapiert waren, als wäre sie für die Feiertage geschmückt.

»Das wird sicherlich das Feuer in Bezug auf den Ruf von Charm Cove anheizen«, sagte er mit einem verwunderten Lachen.

»Wie bitte?«

»Nun, Sie müssen doch wissen, dass es Gerüchte gibt, Charm Cove sei voller Hexen«, erklärte er.

Ich unterdrückte ein Seufzen und hielt meinen Gesichtsausdruck bewusst neutral. Da ich *tatsächlich* eine Hexe war, zusammen mit allen in meiner gesamten Familie, kannte ich den Ruf von Charm Cove sehr gut. Meine Familie, die Wickeds, sowie die Goods, hatten Charm Cove vor Jahrhunderten gegründet. Ursprünglich waren wir eine Stadt, in der nichts als Hexen und Hexer lebten, aber wir hatten uns gut versteckt und lebten jetzt frei unter denen, die nicht mit übernatürlichen Kräften gesegnet waren. Charm Cove war *immer noch* hauptsächlich von Hexen und Hexern bewohnt, aber wir zogen es vor, das geheim zu halten.

Da unser niedliches kleines Städtchen nur existierte, weil unsere Vorfahren im Vorfeld der Hysterie über Hexen aus Salem, Massachusetts, geflohen waren, hatten wir hart daran gearbeitet, ruhig und friedlich zu leben. Hexen und Hexer waren größtenteils eine Kraft des Guten in der Welt, aber die Menschen neigten dazu, das zu fürchten, was sie nicht verstanden. Ohne Wortwitz.

Obwohl es uns weitgehend gelungen war, unsere Existenz zu verbergen, gab es hartnäckige Gerüchte. Ein Haufen Gänseblümchen, der vom Himmel regnete, würde in der Gerüchteküche sicherlich nicht helfen.

KAPITEL ZWEI

An diesem Abend summte Charm Cove vor Aufregung, und das aus gutem Grund. Enchanted Spirits, eine beliebte lokale Bar, war vollgepackt mit Menschen und Gänseblümchen. Es war fast unmöglich, irgendwo zu gehen, ohne dass Gänseblümchen von oben fielen und sich in den Haaren verfingen oder an den Schuhen hängen blieben. Es war wirklich eine Blumenexplosion. Ich schnippte ein Gänseblümchen von meiner Schulter, während ich mich durch die Tische zu einer Nische in der hinteren Ecke schlängelte.

Ich traf mich mit einer Gruppe von Freunden, angeblich zum Trinken und Essen. Während wir beides definitiv genießen würden, würden wir auch über die Gänseblümchen-Situation sprechen, in Ermangelung einer besseren Beschreibung. Als ich die Nische erreichte, stand Liam auf und deutete mir, mich neben meine beste Freundin Zoe zu setzen. Als ich saß, setzte er sich wieder und legte seinen Arm um meine Schultern.

Zoe hatte ein Gänseblümchen hinter ihr Ohr gesteckt und lächelte in meine Richtung. »Na, hallo du.«

»Hallo«, antwortete ich. Ich blickte um den Tisch herum, stützte mein Kinn in meine Hand und fragte: »Was zum Teufel geht hier vor?«

Meine Cousine Emma saß mir direkt gegenüber, ihr schwarzes

Haar zu einem Pferdeschwanz zurückgebunden, ein Gänseblümchen im Haargummi befestigt. Sie zuckte mit den Schultern. »Deine Vermutung ist so gut wie jede andere.«

Liam beugte sich herüber, um mir einen Kuss auf die Wange zu drücken. Daniel Levesque, Zoes Ehemann und Polizeichef von Charm Cove, kicherte. »Für einmal muss ich nicht eingreifen. Es gibt kein Verbrechen im Zusammenhang mit Gänseblümchen, die vom Himmel fallen.«

Nathan Good lehnte sich in der Ecke der Nische zurück und schüttelte langsam den Kopf. »Ich nehme an, nicht.«

»Ich glaube, jeder an diesem Tisch ist eine Hexe oder ein Hexer außer mir, oder?«, fragte Daniel.

»Stimmt«, sagte Emma mit einem Nicken.

Um die Nische herum saßen ich, definitiv eine Hexe; mein Verlobter Liam, ein Hexer, zusammen mit seinem Cousin Nathan. Meine etwa drei Mal entfernte Cousine Emma Good war ebenfalls eine Hexe; Emmas Freund Jackson Howe war ein Hexer. Zu guter Letzt, aber definitiv nicht am unwichtigsten, war Daniels Frau Zoe, die eine Hexe war. Hexen und Hexer umgaben Daniel.

»Wie kannst du mir sagen, dass Gänseblümchen, die vom Himmel fallen, kein Verbrechen sind?«, fragte Zoe.

Daniel kicherte wieder und schüttelte den Kopf. »Das müsst ihr alle selbst herausfinden. Ich zweifle keine Sekunde daran, dass, was auch immer das verursacht, etwas mit Magie zu tun hat. Ich werde Verbrechen untersuchen, die mit Magie zu tun haben, aber es muss ein Verbrechen sein. Gänseblümchen, die vom Himmel regnen, sind meines Wissens kein Verbrechen.«

Rachel Ouellette, unsere Kellnerin, hielt am Tisch an. Sie hatte Gänseblümchen zu einer Krone auf ihrem blonden Haar geflochten. Rachel lächelte in die Runde. »Okay, wollt ihr alle an der Wette teilnehmen?«, fragte sie.

»Oh mein Gott, bitte sag mir nicht, dass es eine Wette auf die Gänseblümchen gibt«, antwortete ich und blickte zu ihr auf.

Ihre blauen Augen kräuselten sich in den Ecken mit ihrem Grinsen. »Natürlich gibt es eine. Die Wette geht darum, wie lange es dauern wird, bis es aufhört.«

Nathan mischte sich ein. »Was ist der Mindesteinsatz, um bei der Wette mitzumachen?«

»Zehn Dollar«, antwortete Rachel fröhlich.

Alle Männer zogen prompt ihre Brieftaschen heraus, Daniel eingeschlossen. Ich lehnte mich um Zoe herum und warf ihm einen bösen Blick zu. »Ist Glücksspiel legal?«

»Es ist eine Wette. Komm darüber hinweg«, antwortete Daniel schnell.

Nachdem die Wetten gemacht waren und Rachel das Geld eingesammelt hatte, bestellten wir Essen und Getränke. Die Unterhaltung wanderte nicht länger als ein paar Minuten am Stück von den Gänseblümchen weg. Immer wieder hielten Leute am Tisch an, um über die Ursache zu spekulieren, weshalb wir kaum aufhören konnten, darüber zu reden. Der Reporter, der mich früher am Tag gebeten hatte, mein Foto zu machen, war auch da und ging mit einem Aufnahmegerät in der Hand durch die Bar, machte Notizen und Fotos.

Als Liam und ich später am Abend nach Hause zurückkehrten, begrüßte uns Ghost an der Tür mit einem weiteren Gänseblümchen im Maul. Er ließ ein gequältes Miauen hören, als ein Gänseblümchen vom Himmel auf seinen Rücken fiel. Nachdem wir unsere Schuhe abgestreift und unsere Jacken aufgehängt hatten, durchquerte ich den Raum und ließ mich auf die Couch fallen, stieß einen tiefen Seufzer aus, als ich mich in die Kissen zurücklehnte. »Das ist eine Katastrophe«, verkündete ich.

»Meinst du?«, fragte Liam, als er sich neben mir auf die Eckcouch setzte und seine Füße auf den Couchtisch legte.

»Ich weiß nicht, wer das verursacht hat, aber Charm Cove wird ein ernsthaftes Problem haben, wenn wir es nicht bald stoppen können. Hat es jemals einen Vorfall gegeben, bei dem Magie so außer Kontrolle geraten ist?«, fragte ich. »Du weißt schon, wo Reporter auftauchen und so weiter?«

Liam beugte sich vor, nahm die Fernbedienung und schaltete den Fernseher ein, wechselte schnell zu einem der Hauptnachrichtensender. Es war zehn Uhr abends, die nächtliche Nachrichtenstunde. Erste Geschichte: *Charm Cove, die Gänseblümchen-Explosion* lautete die Überschrift.

Das normalerweise gelassene Nachrichtensprecherpaar war bei dieser Geschichte ziemlich animiert. Nancy Mathis eröffnete das Segment mit einem fröhlichen Lächeln. »Unsere Top-Nachricht heute Abend ereignet sich in Charm Cove, Maine, während wir sprechen.« Das Bild wechselte zu einer Fotografie von Gänseblümchen überall.

»Oh Gott«, murmelte ich mit einem Seufzer.

Liams eigener Seufzer war schwer, was schon viel sagte. Liam war nicht leicht zu erschüttern. Wir sahen uns still den Nachrichtenbericht über Charm Cove an.

Nach dem Ausschnitt über die Stadt kehrte Nancys lächelndes Gesicht auf den Bildschirm zurück. »Wie Sie sehen können, ist die ganze Stadt mit Gänseblümchen bedeckt. Sie fallen in zufälligen Schauern vom Himmel.« Nancy hielt einen Moment inne, während auf dem Bildschirm Aufnahmen von Gänseblümchen zu sehen waren, die genau das taten. Die Kamera schwenkte vom Himmel weg über den Dorfplatz. Ich konnte gerade noch das Schild für Persnickety Potions & Gifts erkennen. Von diesem Blickwinkel aus wirkte das Ganze völlig verrückt und fast surreal.

»Wie denkst du, haben sie diese Aufnahme gemacht?«, fragte ich und blickte vom Fernseher zu Liam.

»Wahrscheinlich eine Drohne«, antwortete er, streckte seinen Arm über meine Schultern und zog mich näher an seine Seite. Die fragliche Kamera bewegte sich von oben über den Platz, folgte dem Charming Way bis zur Küstenstraße, die zum Wohnviertel der Stadt führte.

Nancy setzte ihre Erzählung fort und bestätigte Liams Vermutung. »Wie Sie von unserer Drohnenkamera sehen können, gibt es buchstäblich überall Gänseblümchen. Es gab heute zwei kleine Auffahrunfälle, als Fahrzeuge auf den Blumen auf der Straße ins Rutschen kamen. Glücklicherweise wurde niemand verletzt. Es scheint wenig Sinn zu machen, sie wegsäubern zu wollen, da sie einfach weiter fallen.« Hier schwenkte die Kamera am Rand des Strandes entlang, wo der Sand mit Gänseblümchen bedeckt war. Sie rollten im Wasser, als Wellen ans Ufer schlugen. »Für mehr Perspektive hören wir unseren lokalen Wettermann, Chuck Jackson.«

Zum Glück verschwand die mit Gänseblümchen bedeckte Ansicht von Charm Cove, und die Kamera kehrte zu Nancy zurück, die an ihrem Schreibtisch saß, mit Chuck neben ihr, der sowohl als Moderator als auch als Wettermann fungierte.

»Ich schätze, sie werden Hypothesen darüber aufstellen, was passiert«, sagte Liam mit einem schwer sarkastischen Ton.

Ich seufzte wieder und bewegte meine Füße, um Platz für Ghost zu machen, als er neben mir auf die Couch sprang und sich an meine Hüfte kuschelte, während er sich zu einer Kugel zusammenrollte. Als ich hinübergriff, um sein Kinn zu streicheln, antwortete er mit einem nachdrücklichen Schnurren. Was ein entspannender Moment hätte sein sollen, während wir am Ende des Tages abschalteten, war es nicht. Nein, jetzt mussten wir uns Sorgen machen, dass die Gerüchte, die über die Jahrhunderte leise über Charm Cove gemunkelt worden waren, zu einem fieberhaften Höhepunkt anschwollen.

»Nun, Chuck, hast du von so etwas schon einmal gehört?«, fragte Nancy mit einem warmen Lächeln.

Chuck schüttelte feierlich den Kopf. »Absolut nicht, Nancy. Als ich heute Morgen die ersten Berichte hörte, bin ich – wie viele Einheimische in Maine – direkt nach Charm Cove gefahren, um es selbst zu sehen. Es ist wie auf dem Bild, das du gezeigt hast. Die Blumen beginnen kurz hinter der Stadtgrenze. Etwa einen halben Kilometer weiter sind die Gänseblümchen überall.«

Nancy nickte mit. »Du hast vorhin erwähnt, dass du recherchierst, ob es jemals Aufzeichnungen über Blumen gab, die so vom Himmel fallen. Hattest du Erfolg mit deiner Recherche?«, fragte sie.

»Das ist lächerlich«, sagte ich und warf einen Blick zur Seite.

Liam fing meinen Blick auf und kicherte. Meine Augen schwangen sofort zurück zum Fernseher, weil ich einfach wissen musste, was Chuck dazu zu sagen hatte.

»Nancy, wenn du es glauben kannst, gibt es tatsächlich *einen* aufgezeichneten Vorfall in der Geschichte, bei dem etwas Ähnliches passiert ist«, sagte Chuck. Nancy wirkte höflich interessiert, ihre Augen weiteten sich leicht, als sie nickte, damit er fortfahren sollte. »Es ereignete sich in Schottland im sechzehnten Jahrhundert. Es gibt eine Aufzeichnung über ein kleines Dorf, das mit Gänseblümchen bedeckt war. Offensichtlich sind die Aufzeichnungen ziemlich alt, aber angeblich vermuteten die Einheimischen Hexerei«, bot Chuck mit einem völlig ernsten Gesicht an.

»Was ist passiert?«, fragte Nancy, um diese absolut lächerliche Nachrichtengeschichte weiterzuführen.

»Nach ein paar Wochen hörten die Gänseblümchen-Stürme, wie sie zu dieser Zeit genannt wurden, auf. Wenn jemals jemand wusste, was sie verursacht hat, wurde es sicherlich nicht in den Geschichtsbüchern berichtet. Aber heute haben wir eine neue Chance. Die Wissenschaft ist unser Freund. Ein Team internationaler Wetter- und Pflanzenexperten wurde nach Charm Cove entsandt, um zu untersuchen. Während die Wissenschaft uns viele Dinge über das Wetter beigebracht hat, gibt es noch viele Geheimnisse zu erforschen«, intonierte Chuck.

Ich konnte mein Lachen nicht zurückhalten und kicherte, als Liam gluckste. Ich stand auf und drehte mich weg, während die Nachrichten weiterliefen. »Möchtest du etwas Wasser?«, rief ich über meine Schulter, als ich in die Küche ging, um mir selbst ein Glas zu holen.

»Klar«, rief Liam zurück, als der Bericht eine Werbepause einlegte. »Wir werden gleich mit weiterer Berichterstattung über dieses Wetterereignis zurück sein.« Als ich durch das Wohnzimmer in die Küche ging, hoffte ich, dass die Gänseblümchen-Stürme bald aufhören würden. Anscheinend war das in Schottland passiert, also hatten wir die Geschichte auf unserer Seite.

Ich hatte mein Kutschenhaus von meiner Großmutter geerbt, nachdem sie verstorben war. Es befand sich auf dem Grundstück meiner Familie, aber in ausreichender Entfernung vom Haupthaus, sodass ich mir einbilden konnte, etwas Privatsphäre zu haben. Es war einst ein echtes Kutschenhaus gewesen. Vor einigen Jahrzehnten wurde es in seinen jetzigen Zustand renoviert.

Die Küche befand sich dort, wo ursprünglich die Ställe gewesen waren. Dort, wo einst die Stallöffnungen waren, wurden Fenster eingebaut, die einen Blick auf die Bäume an der Seite des Hauses boten. Eine Schieferspüle befand sich in der Mitte der Arbeitsplatte an der Wand, mit einem eingebauten Wandofen auf der einen und dem Kühlschrank auf der anderen Seite. Gegenüber dieser Arbeitsplatte war eine kleine Insel, die auf der einen Seite Sitzgelegenheiten und in der

Mitte den Herd hatte. Ein Esstisch befand sich im hinteren Teil des Hauses und blickte auf den Ozean.

Das Grundstück meiner Familie lag am Atlantischen Ozean, ein massives Stück Land, das heute wahrscheinlich ein kleines Vermögen kosten würde. Die originalen Kastanienholzböden waren im ganzen Haus auf Hochglanz poliert. Das Wohnzimmer befand sich auf der anderen Seite des Erdgeschosses, mit dem an der Wand montierten Fernseher und der Eckcouch, die so angewinkelt war, dass man den Fernseher auf der einen Seite und die Aussicht hinter dem Haus auf der anderen sehen konnte.

Der alte Heuboden im Obergeschoss war in zwei Schlafzimmer mit einem Badezimmer in der Mitte umgewandelt worden. Ein weiteres Badezimmer mit der Waschküche befand sich zum vorderen Teil des Kutschenhauses hin. Der Raum fühlte sich offen und luftig an, mit vielen Fenstern, die so viel Licht wie möglich hereinließen.

Meine Familie, die Wickeds, hatte Charm Cove Ende des sechzehnten Jahrhunderts zusammen mit den Goods gegründet. Beide Familien waren voll mit Hexen und Hexern. Unsere beiden Familien waren mit keltischem, irischem und französischem Blut in unseren Adern nach Amerika gesegelt. Wie viele in Hexerei versunkene Familien, die an den Küsten Amerikas landeten, hatten wir uns mit anderen Familien in der Gegend von Salem in Massachusetts versammelt. Unsere beiden Familien hatten jedoch die Hysterie kommen sehen, bevor sie ihren Höhepunkt erreichte, und waren absichtlich von Salem weggezogen, um der toxischen Atmosphäre zu entgehen.

Dadurch hatten wir unsere Familien und durch Zufall auch einige andere gerettet. Das Wort verbreitete sich und andere Familien folgten uns hierher. North Salem, wie es anfangs informell genannt wurde, wurde während der Hexenprozesse von Salem zu Charm Cove. In Anbetracht dessen, dass damals eine Reise von Zentralmassachusetts nach Maine mehrere Tage mit der Kutsche dauerte, gelang es der Gemeinschaft, sich weitgehend vor den puritanischen Angriffen zu schützen, und sie überlebte. Im Laufe der Jahrhunderte wurde es zu einem Machtzentrum für Hexen und Hexer. Unsere Geheimnisse wurden sehr gut bewahrt, nur gelegentlich sickerten merkwürdige Gerüchte in die weitere Welt.

Bisher war es uns gelungen, seltsame Gerüchte, die ab und zu auftauchten, beiseitezuschieben. Hexen und Hexer wurden nach Charm Cove gezogen, weil wir uns gegenseitig schützten. Diese Nachricht würde nicht helfen, kein bisschen. Wenn die Gänseblümchen weiter vom Himmel fielen und wie verrückt wuchsen, glaube ich nicht, dass das die letzte der Geschichten sein würde. Ich hoffte nur, dass Charm Cove angesichts dieser verrückten Gänseblümchen-Explosion seine Notwendigkeit zur Geheimhaltung beibehalten würde.

Apropos Geschichte, die Wickeds und die Goods mit ihren weitverzweigten, über die ganze Welt verstreuten Familien hatten einst nach einem Verrat schrecklich gestritten. Das verheiratete Paar in Frage hatte sich in der Folge fast gegenseitig umgebracht, was zu einer hundert Jahre währenden Fehde zwischen den beiden Familien führte. Nachdem es genug war, hatten zwei Matriarchinnen in den Familien – eine weit weg in Europa und die andere in Charm Cove – einen jahrhundertelangen Zauber ausgesprochen. Der Zauber besagte, dass einmal pro Jahrhundert ein Wicked und ein Good sich verlieben und heiraten würden und so den Frieden zwischen den beiden weitverzweigten und mächtigen Familien bewahren würden.

Innerhalb der verschiedenen Zweige unserer Familien gab es Hunderte in jeder Generation, aber niemand wusste je, wen es treffen würde, bis zur Geburt derer, die unter dem Zauber standen. Ich hatte seit meiner Kindheit gewusst, dass es mein Schicksal war, Liam zu heiraten. Trotz eines etwas holprigen Weges für einige Jahre waren wir letztes Jahr wieder zusammengekommen. Jetzt waren wir verlobt und unsere Hochzeit sollte nächsten Sommer in Schottland stattfinden.

Nachdem ich zwei Gläser Wasser geholt hatte, kehrte ich zur Couch zurück, gerade rechtzeitig für das Ende der Werbepause. Mit Ghost, der neben uns schnurrte, hörten wir uns das nächste Segment über Charm Cove und das Gänseblümchen-Mysterium an.

Der Bildschirm zeigte Nancy, Chuck und eine weitere Frau. Nancy saß in einem Winkel, beiden zugewandt, alle drei mit höflichen Lächeln und ihren Händen, die auf dem Tisch vor ihnen ruhten.

Nancy begann: »Heute Abend ist Rachel Martin bei uns. Rachel ist eine Expertin für die Geschichte Neuenglands. Rachel, was kannst du uns über Charm Coves eher ungewöhnliche Geschichte erzählen?«

Rachel lächelte und nickte, ihr schulterlanges braunes Haar wippte ein wenig, als sie den Kopf bewegte. »Charm Cove hat eine einzigartige Geschichte, obwohl vieles davon als nichts weiter als fantasievolle Gerüchte abgetan wird«, sagte Rachel und sah zu Nancy. »Charm Cove ist eine ganz bezaubernde kleine Stadt an der mittleren Küste von Maine.«

Ich musste bei ihrem Wortspiel die Augen verdrehen.

»Es ist bekannt als ein beliebtes Touristenziel und hat eine Reihe von niedlichen kleinen Geschäften.« Rachels Kommentare wurden mit Fotografien von Charm Cove im Sommer ohne die Gänseblümchen, den mit Menschen gefüllten Straßen und der hell auf den Ozean scheinenden Sonne unterlegt. »Es ist schwer zu sagen, warum manche Städte beliebter sind als andere, aber diese zieht jedes Jahr die Touristen an. Es gilt als *das* erstklassige Reiseziel für Touristen in dieser Gegend. Um Reservierungen in Hotels hier zu bekommen, muss man ein Jahr im Voraus planen. Es gab seit seiner Gründung im späten sechzehnten Jahrhundert Gerüchte, dass Hexen für die Gründung der Stadt verantwortlich waren. Obwohl Beamte wiederholt erklärt haben, dass die Gerüchte nichts weiter als alberne Geschichten seien, haben sie sich im Laufe der Jahre gehalten. Dieses Gänseblümchen-Ereignis lässt diese Gerüchte wieder aufkommen. Niemand scheint zu wissen, wie oder warum es passiert, aber vielleicht ist es Magie«, beendete Rachel mit einem breiten Lächeln.

Die Kamera schwenkte jetzt zu Chuck. Er schüttelte den Kopf. »Ich neige eher dazu zu glauben, dass die Wissenschaft damit zu tun hat. Wir können nur hoffen, dass die Wissenschaft uns die Antworten geben wird, und ich bin zuversichtlich, dass sie das tun wird«, bot Chuck an. Er war immer der Wissenschaftler, was ich in diesem Moment sehr zu schätzen wusste. »In der Zwischenzeit, wenn Sie das neue Gänseblümchen-Wunder der Welt sehen möchten, sollten Sie dorthin gehen, solange die Gänseblümchen noch da sind.«

Mit dieser niedlichen kleinen Anmerkung endete das Segment, und ich drehte mich zu Liam. »Wasser wird nicht ausreichen. Ich brauche Wein«, sagte ich ernsthaft. Ich meinte es wirklich ernst. Das Letzte, was wir jetzt brauchten, waren Nachrichtensegmente darüber, ob Charm Cove voller Hexen war und irgendwie Magie die Gänseblümchen vom Himmel fallen ließ. Obwohl ich wusste, dass das die wahrscheinlichste Ursache war, wollte ich verdammt noch mal nicht, dass die Welt es wusste.

Liam blickte nach unten, sein schwarzes Haar glänzte im schwachen Licht des Fernsehers. Seine blauen Augen trafen meine, strahlend hell unabhängig vom Licht. Mein Verlobter war zu gutaussehend für sein eigenes Wohl. Mein Bauch machte bequem einen kleinen Salto, als er mich angrinste.

»Wir können es bewältigen. Wenn wir müssen, werden wir Magie einsetzen, um die Magie und die Gerüchte zu bekämpfen.« Dann senkte er den Kopf, beugte sich tief, um meine Lippen in einem Kuss einzufangen. Ich vergaß bequem, mir Sorgen um die Gänseblümchen und die Gerüchte zu machen.

KAPITEL DREI

Als ich am nächsten Tag aufwachte, hoffte ich inständig, dass es keine weiteren Gänseblümchen mehr geben würde, besonders keine vom Himmel fallenden. Keine Chance.

Nachdem ich den Kaffee aufgesetzt hatte, ging ich auf die Veranda, nur um einen Schwall Gänseblümchen von oben abzubekommen – eines landete auf meiner Schulter und ein anderes auf meinem Fuß. Natürlich war die gesamte Veranda mit Gänseblümchen bedeckt, sodass ich sie zur Seite kicken musste, während ich zum Geländer ging.

Der Rasen erstreckte sich von der Veranda bis zum Ozean, mit hier und da verstreuten Bäumen und überall Gänseblümchen. Die Baumkronen waren mit Gänseblümchen bedeckt, ebenso wie jedes freie Stück Boden. Sie wuchsen in dichten Büscheln um die Terrasse herum und schlängelten sich am Geländer und um die Baumstämme hoch. Zuvor hatte ich nur ein paar Bereiche, in denen Gänseblümchen gepflanzt waren, und sie wuchsen üblicherweise wild im hohen Gras, aber das war auch schon alles. Es hatte definitiv keine Gänseblümchen rund um die Terrasse oder die Bäume gegeben. Auf den ersten Blick hätte man meinen können, ich hätte mich jahrelang nicht ums Unkrautjäten gekümmert.

Ghost kam durch die Gänseblümchen getapst. Als eines vom

Himmel fiel und auf seinem Rücken landete, sprang er zur Seite, wütend über die rüde Störung, und schlug nach dem unglücklichen Gänseblümchen, als es zu Boden fiel.

Die Fliegengittertür öffnete sich hinter mir. Ich schaute zurück und sah Liam herauskommen, sein Haar vom Schlaf zerzaust. Er trug ein ausgeblichenes T-Shirt über einer Jogginghose und schaffte es irgendwie, gut auszusehen, obwohl er gerade erst aus dem Bett gekommen war.

»Es regnet immer noch Gänseblümchen«, sagte ich zur Begrüßung.

Er hatte zwei Tassen in den Händen und kam zum Geländer, um sich mir anzuschließen, und reichte mir eine. Lächelnd nahm ich einen Schluck von meinem Kaffee und genoss die Bitterkeit.

»Mein Vater hat angerufen. Heute Abend findet ein Treffen am Leuchtturm statt, um zu besprechen, was passiert«, sagte Liam.

»Ein Treffen ist definitiv notwendig«, erwiderte ich, während ich ihn über den Rand meiner Tasse hinweg ansah.

»Ich muss früh zur Arbeit. Willst du immer noch mit mir fahren?«, fragte er.

»Natürlich.«

Ghost schlängelte sich um unsere Füße, bevor er durch seine Katzenklappe auf der Veranda ins Haus flitzte. Er würde seine Tage damit verbringen, zu tun, was ihm gefiel – entweder im Haus herumzuliegen oder herumzulaufen und wer weiß wohin zu streunen. Sein Revier war ziemlich groß, da er im nahen Haus meiner Eltern und in der alten Hausmeisterhütte, in der mein älterer Bruder derzeit wohnte, Futter bekommen konnte.

Als wir fertig waren, fuhr Liam uns in die Stadt, wo er vor Magic Beans anhielt, meinem Lieblingscafé, das praktischerweise gegenüber vom Stadtpark und Persnickety Potions & Gifts lag. Ich bevorzugte eine zweite Tasse Kaffee, um den Tag zu überstehen, außerdem musste ich mir etwas zu essen holen, da wir keine Zeit für ein Frühstück gehabt hatten.

Er beugte sich zu mir, drückte einen Kuss auf meine Lippen und winkte mir zum Abschied. Als ich über den Bürgersteig ging, bemerkte ich, dass die Straße bereits voller Autos war. Zu dieser frühen Stunde war das nicht typisch. Man hätte meinen können, wir befänden uns auf dem Höhepunkt unserer Sommertouristensaison, obwohl es erst Mai war.

Als ich mich umschaute, sah ich Menschen überall im Stadtpark, die Fotos von den Gänseblümchen machten. Mit einem Seufzer schwang ich meine Handtasche über die Schulter und lief über die Gänseblümchen auf dem Bürgersteig in Magic Beans. Ich versuchte, nicht zu sehr darüber nachzudenken, dass die Gänseblümchen überhaupt nicht zu welken schienen. Die Glocke klingelte, als die Tür hinter mir zufiel, und der Duft von Kaffee und frisch gebackenen Waren wehte zu mir herüber, als ich eintrat. Das Café war voll, mit einer Schlange bis zur Tür und allen Tischen besetzt. So viel zu ein paar ruhigen Minuten mit einer Tasse Kaffee und einem Scone.

»Moira!«, rief eine Stimme.

Als ich nach vorne schaute, sah ich Tante Penelope am Anfang der Schlange. Ihr silbriges Haar war zu einem Knoten auf ihrem Kopf gedreht. Groß und schlank stach sie aus der Gruppe um sie herum hervor. Sie trug einen leuchtend roten Rock aus luftiger Baumwolle, der um ihre Füße wirbelte. Mit Sandalen, Charm Fußkettchen, einer fließenden weißen Bluse und silbernen Armbändern, die klirrten, wenn sie ihre Hände bewegte, sah sie aus, als käme sie direkt aus den Seiten eines Hippie-Katalogs. Falls es so etwas gab.

»Ich habe auf dich gewartet«, fügte sie hinzu, als ich mich ihr näherte.

Ich dankte meinem Glück, dass Tante Penelope wahrscheinlich keine Ahnung hatte, dass ich heute Morgen hier sein würde, aber sie dachte schnell und brachte mich an den Anfang der Schlange. Sobald ich sie erreicht hatte, zog sie mich für eine nach Rosmarin duftende Umarmung an sich. »Ich plane, nach dem Kaffee im Laden vorbeizuschauen, um einige Zaubertränke zu brauen. Deine Mutter hat mir gesagt, dass du hier sein würdest«, sagte sie mir ins Ohr, bevor sie sich zurückzog und meine Schultern drückte.

Oh, also wusste sie, dass ich hier sein würde. Penelope war nicht gerade eine Planerin, also war das eine kleine Überraschung.

»Ich habe schon deinen Lieblingskaffee bestellt, und ich dachte, vielleicht einen Blaubeer-Scone?«, fragte sie mit hochgezogener Augenbraue.

»Perfekt«, antwortete ich.

Meine Liebe zu allem, was mit Scones zu tun hatte, war jedem in meiner Familie bekannt, zumindest denen, die mir nahestanden. Tante Penelope bestand darauf zu zahlen und hakte sich dann bei mir ein, als wir wieder nach draußen gingen. Es hatte keinen Sinn zu versuchen, sich hier hinzusetzen. Da ich früh dran war, um den Laden zu öffnen, konnten wir unseren Kaffee und die Scones tatsächlich in Ruhe genießen.

Wir überquerten den Stadtpark, und ich war mir ziemlich sicher, dass wir auf einigen Fotos zu sehen sein würden. Überall waren Menschen, die Bilder von den Gänseblümchen machten. Mit den überall wachsenden Gänseblümchen, die gelegentlich von oben fielen, war es so lächerlich, dass ich mir auf die Wangeninnenseiten beißen musste, um nicht über die Szene zu lachen.

Beatrice Powers winkte uns vom Park aus zu, wo sie ihre Power-Walking-Gruppe anführte. Ihre Gruppe war auf über zehn Personen angewachsen, seit der Frühling mit voller Kraft da war. Beatrice war eine gute Freundin der Familie, und sie blieb oft zum Plaudern stehen. In ihren Neunzigern war sie dünn mit kurzen grauen Haaren und funkelnden braunen Augen. Sie war immer in der Stadt unterwegs bei ihren Spaziergängen.

Das Schild von Persnickety Potions & Gifts kam in Sicht, als wir an dem großen Balsambaum in der Mitte des Parks vorbeikamen. Er sah aus, als wäre er betrunken mit Gänseblümchen dekoriert worden, die überall unordentlich herabhingen. Das verspielte Schild des Ladens war mit blauer und lila Schrift bemalt. Der Laden befand sich in einem ursprünglichen Familienhaus. Die erste Generation der Wickeds in Charm Cove hatte dort gelebt, während sie das große Kolonialhaus gebaut hatten, in dem jetzt meine Eltern wohnten. Meine Vorfahren hatten das Erdgeschoss in den Laden umgewandelt.

Penelope und ich gingen um die Rückseite des Ladens herum, um keine Aufmerksamkeit auf unseren Eingang zu lenken und uns ein wenig Zeit zu geben, unseren Kaffee und die Scones zu genießen. Ich hob den Schutzzauber an der Hintertür auf, bevor ich sie aufschloss. Nachdem ich das Licht im hinteren Bereich eingeschaltet hatte, schaute ich durch den Perlenvorhang nach vorne, um sicherzugehen, dass alles ruhig war.

Penelope hatte sich bereits auf einem Hocker neben dem Arbeitstisch im hinteren Bereich niedergelassen und stellte unsere Kaffees ab und legte die Scones auf Servietten. Nachdem ich meine Jacke ausgezogen und meine Handtasche aufgehängt hatte, setzte ich mich neben sie. »Was führt dich heute Morgen hierher?«

Sie blickte mit einem Lächeln herüber, ihre grünen Augen funkelten. »Ich dachte, ich würde an einigen Tränken arbeiten, um dieser verrückten Gänseblümchensache entgegenzuwirken. Wie du weißt, liegt die Blumenkraft in den Good-Adern«, bemerkte sie.

»Es gibt also einen Trank, der dem entgegenwirken kann?«, fragte ich zurück, bevor ich einen Schluck von meinem Kaffee nahm.

Fast alle Hexen und Hexer konnten kleinere Zaubersprüche für Pflanzen und Blumen wirken, aber die Good-Familie war dafür bekannt, Familienmitglieder mit gesteigerten Kräften zu haben.

Penelope nickte. »Ja, es gibt ein paar Zaubersprüche und Tränke, die man ausprobieren kann, aber ich brauche ein bisschen extra Schwung.«

Sie beugte sich vor und scannte die Reihen von Gläsern und Flaschen an der Wand mit schmalen Regalen über dem Arbeitstisch. Wir verkauften viele Tränke, getarnt als pflanzliche Heilmittel. Nur um klarzustellen – die, die wir verkauften, enthielten nur einen Hauch von Magie, und alles davon war gut. Wie dem auch sei, wir hatten jede Menge Zutaten für Tränke. Oft kamen Familienmitglieder und andere vorbei, um hier ein wenig zu arbeiten und Tränke herzustellen. Es war einfach praktisch.

Nachdem sie ein paar Gläser ausgewählt hatte, beobachtete ich, wie sie sich an die Arbeit machte, während ich meinen Kaffee trank und an meinem Scone knabberte. Magic Beans machte köstliche Scones. Die Blaubeeren boten kleine Schübe von scharfer Süße inmitten der anderen subtilen Aromen.

Penelope kam nicht so oft in den Laden wie meine Tante Lea. Vielleicht, weil Lea den Laden jahrelang geführt hatte und die Zügel erst letzten Sommer an mich übergeben hatte, als ich zurück in die Stadt gezogen war.

»Also welchen Zauber kannst du wirken?«, fragte ich, als sie ein paar Tränke zubereitete.

»Nun, die Herausforderung hier ist, herauszufinden, worauf wir abzielen sollen. Es gibt Zaubersprüche, die das Blumenwachstum beeinflussen. Aber...« Sie pausierte, ihre Stirn runzelte sich, als sie einen Schluck Kaffee nahm. »Das ist einfach nicht normal. Der Himmel regnet Gänseblümchen, und sie wachsen wie verrückt. Ich denke nicht, dass es nur ein Wachstumsproblem ist. Das ist definitiv nicht unser einziges Problem. Ich versuche, an Tränke und Zaubersprüche zu denken, die mit dem Wetter arbeiten, zusammen mit einigen, die das Pflanzenwachstum modulieren. Das ist ein kniffliges Geschäft«, erklärte sie, als sie die Lippen zusammenpresste und auf die Kräuter schaute, die sie aus den Regalen geholt hatte.

»Allerdings. Irgendwelche Ideen, wer dafür verantwortlich sein könnte?«

Penelope zuckte mit den Schultern, während sie vorsichtig etwas Flüssigkeit − eine sehr verdünnte Menge Alkohol, die wir als Basis für viele Tränke verwendeten − in ein Glas goss. »Ich bin mir nicht sicher. Ich habe gestern Abend mit deiner Mutter am Telefon gesprochen, und wir haben darüber gesprochen, dass es ein paar Hexen und Hexer sein müssen, die zusammenarbeiten. Da steckt zu viel Kraft dahinter.«

»Hast du gestern Abend den Nachrichtenbericht gesehen?«, fragte ich.

Sie gluckte und streute ein paar Kräuter in das Glas und drehte vorsichtig einen Deckel darauf. »Ja, habe ich. Es *stimmt*, dass es einen anderen berichteten Vorfall dieser Art in Schottland gab. Aber meine Güte, das war vor hunderten von Jahren. Ich bin mir sicher, es wird noch viel mehr zu besprechen geben, wenn wir diese Gänseblümchen nicht unter Kontrolle bekommen«, sagte sie, als sie die Gläser mit den Zutaten zurück ins Regal über uns schob und ein paar weitere hervorholte, um ihre Arbeit fortzusetzen.

Alles, was hier aufbewahrt wurde, war akribisch beschriftet. Penelope wechselte das Thema, als sie damit begann, einen anderen Trank zu mischen. »Wie läuft die Hochzeitsplanung?«

So genervt ich auch von meiner und Liams Familie sein konnte − weil sie alle verdammt neugierig waren − Penelope war wohl die am wenigsten neugierige. Sie war ein bisschen ein freier Geist mit einer gutmütigen Einstellung zu allem. Es machte mir nichts aus zu antworten. Es hätte mir nichts ausgemacht, irgendjemandem zu antworten, aber zusammen waren unsere Familien ein aufdringlicher Haufen und hatten alle möglichen Meinungen zu meiner bevorstehenden Hochzeit mit Liam. Es *war* eine große Sache. Es war nicht so, dass ich es nicht ernst nahm. Glaub mir, wenn du dir Sorgen darüber machst, das Schicksal zu verpatzen, nimmst du es auch ernst.

»Es geht gut voran«, sagte ich schließlich. »Ich bin mir nicht sicher, wie viele Leute zur Hochzeit anreisen werden, also stelle ich mir vor, dass die Party nächstes Weihnachten ein noch größeres Ereignis sein könnte.«

Penelope nahm einen Schluck ihres Kaffees und drehte sich zu mir, mit einem Glitzern in den Augen. »Ich weiß. Ich werde natürlich dabei sein, aber ich muss sagen, ihr zwei wart schlau.«

»Oh?«

»Absolut. Auf diese Weise wird es kein riesiges Tamtam geben. Ich stimme völlig zu, dass ihr beiden heiraten *müsst*, aber ich kann mir vorstellen, dass der Druck nicht angenehm ist. Gott sei Dank ist Liam gutaussehend.«

Bei dem letzten Kommentar hätte ich mich fast an meinem Kaffee verschluckt und schüttelte grinsend den Kopf. Ein leises Klopfen von der Vorderseite des Ladens erreichte uns, und ich schaute auf meine Uhr. »Ich muss öffnen. Du kannst so lange wie nötig hier hinten bleiben.«

Mit einem Winken ging ich durch den Perlenvorhang nach vorne. Das Layout des Geschäfts war ziemlich einfach. Der hintere Bereich war mit Regalen und Lagerplatz ausgestattet, zusammen mit einem kleinen Arbeitsbereich zum Herstellen von Tränken und zum Etikettieren von Artikeln. Durch einen Perlenvorhang – ja, einen Perlenvorhang – gelangte man in den vorderen Teil des Ladens. Direkt hinter dem Durchgang befand sich eine Ausstellungsvitrine mit der Kasse an einer Seite. Eine schmale Theke verlief auf beiden Seiten des Eingangs an der Wand entlang und bot Platz zum Arbeiten und bei Bedarf zum Einpacken von Geschenken.

Die Frontfenster des Ladens blickten auf den Charming Way und den Stadtpark. Mit der Kasse an einer Seite des Ladens war der Rest des offenen Raums mit Ausstellungsständern, Schmuckvitrinen und Regalen gefüllt, die verschiedene Geschenkartikel enthielten. Wir verkauften viele niedliche Geschenke, um die Touristen zu erfreuen, zusammen mit Tränken, die als pflanzliche Heilmittel bezeichnet wurden. Der Schmuck, den wir verkauften, war leicht mit positiver Magie versehen. Wir führten eine Reihe anderer niedlicher Artikel im Stil eines New Age-Ladens, darunter dekorative Zauberstäbe, Tarot-karten und Ähnliches.

Während der Laden meiner Familie nun schon seit mehreren Jahr-hunderten im Geschäft war, hatte die Explosion des Interesses an Spiritualität und New Age-Artikeln die Gewinne durch die Decke gehen lassen. Unser Laden ähnelte vielen niedlichen Geschäften, die sich an die Geschenkkäufer richteten, mit der Ausnahme, dass das, was wir verkauften, tatsächlich Magie enthalten könnte. Die Tatsache, dass Touristen Tränke wie *Liebe lässt die Welt sich drehen* und *Bist du wütend auf jemanden? Zerschmettere diese Flasche* kaufen konnten und sie scheinbar wirkten, nun... das machte uns ziemlich beliebt. Viele Geschäfte in Charm Cove waren im Besitz von Hexen und Hexern, und alle machten Gebrauch von ihren einzigartigen Fähigkeiten, um Kunden zu verzaubern.

Als ich zur Glastür an der Vorderseite des Ladens eilte, sah ich Beatrice Powers, die hindurchlächelte. Ich schloss auf und drehte das Schild, das an der Glasscheibe hing, auf *Geöffnet*, während ich vorne das Licht einschaltete. Beatrice kam aus einer sehr mächtigen Hexen-familie. Sie war nicht ganz so aktiv im Einsatz ihrer Kräfte, obwohl sie extrem mächtig war. Sie hielt sich tendenziell bedeckt, obwohl ich gelernt hatte, dass sie normalerweise ziemlich genau über alles Bescheid wusste. Ihre Familie war in der ersten Welle von Hexenfami-lien, die den Wickeds und den Goods hierher gefolgt waren, nach Charm Cove gezogen. Sie lebte in einem der ursprünglichen Häuser ihrer Familie an der Ecke des Stadtparks.

Ich lächelte, als ich die Tür öffnete, und beobachtete, wie sie ein paar Gänseblümchen aus dem Weg trat, als sie den Laden betrat. »Guten Morgen nochmal, Moira.« Sie trug immer noch ihre Power-Walking-Ausrüstung: schicke, enganliegende Fleece-Leggings mit hochwertigen Wanderschuhen und einem leuchtend blauen T-Shirt mit einer leichten grauen Fleece-Weste. Sie war ziemlich stilvoll.

Die Glocke klingelte, als die Tür hinter ihr zuging. »Guten Morgen, Beatrice. Was führt dich so früh hierher?«

»Ich dachte, ich würde vorbeischauen und sehen, ob du etwas weißt. Diese verdammten Gänseblümchen treiben mich beim Gehen in den Wahnsinn. Sie knirschen unter meinen Schuhen, und es sind so viele, dass ich nicht einmal in Betracht ziehen kann, zu versuchen, sie aus dem Weg zu räumen. Es fallen einfach immer mehr herunter«, erklärte sie, während sie ihre Hände in die Luft warf und mir zur Kasse folgte.

Ich ging um den Tresen herum und schaltete unseren Computer ein, während ich zu ihr schaute. »Ich wünschte, ich wüsste etwas, aber ich weiß nichts. Hast du etwas gehört?«

»Nur Gerücht nach Gerücht. Ich werde heute Nachmittag rübergehen und mit Liams Mutter sprechen. Falls sie es noch nicht getan hat, habe ich vor, sie zu bitten, damit zu beginnen, Hexenfamilien zu recherchieren, die die stärkste Blumenkraft haben.«

Beatrice bezog sich auf Alice Good. Alice galt als Expertin für Hexen- und Hexergenealogie, nicht nur in Charm Cove, sondern auf der ganzen Welt. Sie wusste oft Dinge aus dem Stegreif. Bei relevanten Themen wie diesem stellte ich mir vor, dass sie in ihren Geschichtsbüchern stöbern würde, um tief zu graben. Sie hatte Aufzeichnungen, die von ihren Vorfahren über die Jahrhunderte geführt worden waren. Alles über Hexenfamilienbäume und die Kräfte, die sie durch Familien weitergaben, war dokumentiert.

Blumenkraft, wie ich bereits erwähnt hatte, war ziemlich verbreitet. Aber was auch immer gerade mit den Gänseblümchen passierte, war mehr als nur einfache Blumenkraft. Es steckte viel mehr dahinter, um Blumen vom Himmel regnen zu lassen.

»Planst du, heute Abend zum Leuchtturm zu gehen?«, fragte ich Beatrice.

»Natürlich, Liebes. Ich würde ein solches Treffen nicht verpassen.«

Mit einer Geste über meine Schulter sagte ich: »Penelope ist auch hier. Sie arbeitet an einigen Tränken, um zu sehen, ob sie dem, was passiert, entgegenwirken kann. Sie denkt, dass wer auch immer das getan hat, eine Kombination aus Blumenkraft und Wetterkraft verwendet.«

Beatrice nickte und hob eine Augenbraue. »Penelope hat die richtige Idee. Ich stimme zu.« Beatrice lehnte sich über den Tresen nach vorne und senkte ihre Stimme. »Ich bin nur ein bisschen besorgt darüber, dass Penelope versucht, dem entgegenzuwirken. Du weißt, wie schräg ihre Zaubersprüche werden können.«

Ich unterdrückte ein Lachen. Penelope, so lieb sie war, hatte während der Hochzeit der 60er und 70er Jahre ziemlich viel Spaß, indem sie jede Droge nahm, die ihr über den Weg lief. Oder so wurde es mir zumindest erzählt, da das passierte, bevor ich überhaupt geboren wurde. Als Ergebnis war ihre Magie manchmal ein bisschen wackelig. Die Theorie darüber, wie das passierte, war, dass Penelope inmitten all der Partys, die sie feierte, ein wenig wild mit ihrer Magie umging, was die Magie selbst permanent beeinflusste. Das gesagt, war sie immer noch ziemlich mächtig.

Ich begegnete Beatrices Blick und zuckte mit den Schultern. »Hoffen wir das Beste. Normalerweise passiert nichts Schlimmes«, bot ich mit einem Schulterzucken an.

Beatrice kicherte. In diesem Moment kam Penelope durch den Perlenvorhang und warf Beatrice ein breites Lächeln zu. »Hallo, Beatrice, wie geht es dir?«

»Ganz gut. Ich höre von Moira, dass du einige Gedanken zur Kombination von Kräften hast, die verwendet wurden, um dieses Gänseblümchen-Chaos zu verursachen. Ich glaube, du bist auf dem richtigen Weg. Blumen und Wetter.« In diesem Moment kam ein weiterer Kunde herein, und Beatrice wechselte schnell zu einem harmlosen Gespräch über die Gänseblümchen.

Innerhalb von Momenten war der Laden voller Touristen. Es war definitiv keine Zeit mehr zum Plaudern. Penelope und Beatrice gingen zusammen nach draußen und winkten mir zum Abschied zu. Ich fragte mich, wann Penelope vorhatte, die Kombination aus Zaubersprüchen und Tränken auszuprobieren, die sie zusammengestellt hatte. Ich hoffte wirklich, dass es funktionieren würde.

KAPITEL VIER

Der Tag verging wie im Flug. Ich hatte kaum Zeit zum Durchatmen, geschweige denn für eine Pause. In Persnickety Potions & Gifts herrschte Hochbetrieb. Es hätte genauso gut Hochsommer sein können, an unserem geschäftigsten Tag des Jahres.

Meine jüngeren Zwillingscousinen, Celia und Delia, kamen an diesem Nachmittag nach der Schule, um auszuhelfen. Sie waren meine einzigen Angestellten. Wie ich und viele andere Cousins hatten sie den Großteil ihrer Kindheit im Laden verbracht. Da sie bereits für ihre Mutter Lea gearbeitet hatten, als diese den Laden vor mir geführt hatte, verlief der Übergang zu mir als Chefin ziemlich reibungslos.

Als eineiige Zwillinge hatten sie das gleiche schwarze Haar, funkelnde blaue Augen und runde rosige Wangen. Sie waren zu niedlich für ihr eigenes Wohl. Mit vierzehn Jahren zeigten beide gelegentlich rebellische Züge, waren aber meistens gutmütig und lieb. Die Zwillinge waren die Jüngsten unserer Generation und wurden deshalb oft verwöhnt.

An diesem Nachmittag erreichten sie atemlos die Ladentheke. »Die Gänseblümchen fallen immer noch«, erklärte Delia.

»Und jetzt gibt es auch rosa«, fügte Celia hinzu.

»Was?«, antwortete ich.

»Genau wie sie sagt«, sagte eine Kundin, als sie sich der Theke näherte. »Jetzt fallen auch rosa Gänseblümchen.« Die Frau reichte mir dann mit einem breiten Lächeln ein rosa Gänseblümchen über die Theke.

Ich schluckte und schaffte es, ihr Lächeln zu erwidern. »Wow. Wie hübsch.«

Meine nächste Sorge behielt ich für mich. Ich befürchtete, dass was auch immer Penelope getan hatte, irgendwie die Gänseblümchen rosa gefärbt hatte, denn genau das war die Art von Dingen, die bei einem ihrer Zauber schieflaufen würde. Mit einem mentalen Kopfschütteln konzentrierte ich mich auf die Kundin, kassierte schnell und plauderte höflich über das Wetter, Gänseblümchen und andere Einkaufsmöglichkeiten in der Stadt.

Celia und Delia gingen an mir vorbei hinter die Theke, um ihre Rucksäcke im hinteren Bereich zu verstauen, und kamen dann nach vorne zurück, um mit den Kunden zu helfen. Ihre Anwesenheit verschaffte mir etwas Luft. Ich bediente die Kasse, während sie durch die Auslagen und Kundengruppen schlenderten, um Fragen zu beantworten und bei der Suche nach Artikeln zu helfen. Während einer kurzen Ruhepause an der Kasse nahm ich mein Handy und schrieb schnell eine SMS an meine Cousine Emma. Emma war die ältere Schwester von Celia und Delia.

Hast du die rosa Gänseblümchen gesehen? OMG.

Emmas Antwort kam prompt. *Oh ja. Jetzt ist Charm Cove nicht nur mit Gänseblümchen bedeckt, sondern mit rosa Gänseblümchen. Gott steh uns bei.*

Ich unterdrückte mein Lachen. *Sehen wir uns heute Abend am Leuchtturm?*

Natürlich. Kann es kaum erwarten. ;)

Ich legte mein Handy weg und lächelte, als eine Kundin mit einem Zauberring herankam, bei dessen Auswahl einer der Zwillinge geholfen hatte. Die Frau legte ihn auf die Theke und lächelte mich an. »Meine Tochter wird ihn einfach lieben. Ich mag den hübschen blauen Stein in der Mitte.«

»Es ist ein wunderschöner Ring«, erwiderte ich.

»Ich habe gehört, dass der Schmuck hier etwas ganz Besonderes ist«, sagte die Frau, beugte sich vor und sprach mit verschwörerischem Ton.

Ich hielt mein Lächeln unverbindlich. »Nun, wir bemühen uns sicherlich, das Beste für unsere Kunden zu finden. Wir arbeiten direkt mit Juwelieren zusammen, hauptsächlich im Raum Portland, aber auch an einigen anderen Orten. Ich hoffe, Ihrer Tochter gefällt er. Möchten Sie ihn einpacken lassen?«

Ich würde ganz sicher nicht erwähnen, dass der Ring mit einem Zauber versehen war, der die Stimmung des Trägers heben sollte. Das war völlig unnötig. Auf ihr Nicken hin verpackte ich den Ring in einer dekorativen Schachtel und verabschiedete die Kundin mit einem Winken, nachdem sie bezahlt hatte.

Als ich ihr beim Hinausgehen nachsah, wanderte mein Blick über sie hinaus zur Stadtwiese auf der anderen Straßenseite. Die dicke Schicht weißer Gänseblümchen auf dem Boden war nun mit rosa Gänseblümchen durchsetzt. Ich wollte hysterisch lachen, konnte aber meine Sorge nicht abschütteln.

Charm Cove hatte jahrhundertelang daran gearbeitet, die Präsenz der vielen hier lebenden Hexen und Zauberer zu verbergen. In Zeiten von Konflikten oder wenn Gerüchte die Runde machten, hatten wir unsere Kräfte eingesetzt, um unsere Existenz zu verbergen. Trotz der aktuellen Beliebtheit übernatürlicher Dinge und Menschen, die alles Mögliche taten, um mit ihren „wahren" Kräften in Kontakt zu treten, wusste ich, dass wir nicht sicher waren, wenn unsere Stadt zu viel Aufmerksamkeit auf sich zog.

Mit Gänseblümchen, die wie verrückt wuchsen und vom Himmel regneten, war es sicher zu sagen, dass Gerüchte bereits kursierten. Dieses Ereignis würde nur alte Gerüchte und Mythen nähren und die Klatschflammen anfachen.

Nach dem Schließen des Ladens sprach ich einen Schutzzauber für die Vorder- und Hintertür und wartete draußen auf Liam. Celia und Delia würden mit uns zum Leuchtturm fahren. Ihre Eltern würden sie von dort nach Hause bringen. Delia hob ein paar Gänseblümchen vom Bürgersteig auf – sie hatte Hunderte zur Auswahl – und flocht sie zu einem kleinen Kranz. Mit einem Grinsen setzte sie ihn sich auf den Kopf.

»Seht ihr?«, sagte sie, hob die Hände und drehte sich um sich selbst.

Celia kicherte und sammelte ihren eigenen Strauß Gänseblümchen, die sie in ihren Zopf einflocht. Ich konnte nur lachen, obwohl es nur von kurzer Dauer war. Ich war froh, dass sie darin etwas Freude fanden. Ich wollte ihnen den Spaß nicht verderben, aber ich konnte nicht verhindern, dass meine Sorgen direkt wieder in den Vordergrund meiner Gedanken sprangen. Obwohl die Gänseblümchen-Situation niemandem zu schaden schien, mussten wir wissen, was vor sich ging.

Delia ließ ihre Arme sinken, ihr Blick wurde ernst. »Du siehst besorgt aus. Genau wie unsere Mama. Warum?«, fragte sie. »Die Gänseblümchen tun niemandem weh.«

Ich zuckte mit den Schultern. »Du hast Recht, dass die Gänseblümchen niemandem wehtun, aber wir müssen vorsichtig sein. Das zieht viel Aufmerksamkeit auf Charm Cove.«

Celia seufzte und sah bedrückt aus. »Manchmal ist es schwer, eine Hexe zu sein. Wir müssen viele Geheimnisse bewahren.«

»Ich weiß. Glaub mir, ich weiß«, antwortete ich.

Obwohl sich die Menschenmassen auf den Straßen etwas gelichtet hatten, schlenderten immer noch viele Leute umher. Restaurants und Cafés waren noch geöffnet, und einige Geschäfte hatten beschlossen, offen zu bleiben, um von den unerwarteten Menschenmengen zu profitieren.

Ich entdeckte Liams Auto, das langsam die Straße entlangrollte und vorsichtig Touristen auswich, die munter die Zebrastreifen ignorierten. Er hielt direkt vor uns an, wo wir auf dem Bürgersteig warteten. Nachdem wir eingestiegen waren, beugte sich Liam über den Sitz, um mir einen Kuss auf die Wange zu drücken, bevor er den Gang einlegte und die Charming Way hinunterfuhr.

Als er das Stoppschild erreichte, bevor er auf die Straße abbog, die der Küste folgte und uns zum Leuchtturm Beacon's Charm bringen würde, gab es einen Schauer rosa Gänseblümchen vom Himmel. Sie regneten auf das Auto. Liam fing meinen Blick auf, schüttelte den Kopf und schaltete die Scheibenwischer ein, um die Windschutzscheibe zu säubern.

KAPITEL FÜNF

Eine kurze Fahrt später hielten wir vor dem Leuchtturm an und parkten auf der gegenüberliegenden Straßenseite. Der Leuchtturm hatte Gänseblümchen auf dem Dach, von denen einige durch eine Windböe vom Ozean weggeweht wurden. Nachdem Liam geparkt hatte, hielt ich vor dem Leuchtturm an, um den Ausblick zu genießen. Der Boden war in Rosa und Weiß dekoriert. Gänseblümchen bedeckten den Sand und rollten in den Wellen am Rand der Küstenlinie, wobei sie erst etwa zwanzig Fuß im Wasser dünner wurden.

»Ich wünschte, das Meer wäre warm genug zum Schwimmen«, sagte Celia, als sie an meiner Seite stehen blieb.

»Es ist erst Mai, Celia. Gib ihm noch ein oder zwei Monate«, antwortete ich.

Liam kicherte und nahm meine Hand in seine, als wir uns umdrehten und hineingingen, die Wendeltreppe hinauf zur Spitze des Leuchtturms.

Der Leuchtturm war seit etwa einem Jahrhundert im gemeinsamen Besitz der Familien Wicked und Good. Davor hatte er mehrmals zwischen den beiden Familien den Besitzer gewechselt. Er war zum nationalen Wahrzeichen erklärt worden, obwohl wir ihn in einem privaten Trust hielten, um das Land zu schützen. Es war ein offizieller

Leuchtturm und funktionierte tatsächlich. Wir waren alle erleichtert, dass der Trubel über die Feiertage, als der Leuchtturmzauber gebrochen wurde, vorüber war.

Als wir nach oben kamen, fanden wir bereits einige Leute vor. Der Leuchtturm war ein üblicher Versammlungsort, wann immer wir unter Hexenfamilien etwas Vertrauliches besprechen mussten. Der Leuchtturm wurde von der Familie Wicked gebaut, wobei jedes Stück Material im Gebäude mit Magie durchdrungen war. Mit dieser Menge an Kraft in seiner Konstruktion hatten alle Zauber, die darin oder in der Nähe gewirkt wurden, enorm mehr Kraft als gewöhnlich. Bei solchen Zusammenkünften konnten wir Schutzzauber wirken, um die Informationen zu schützen und darauf vertrauen, dass sie halten würden.

Als ich mich umsah, bemerkte ich meine Eltern, die in zwei Stühlen vorne saßen und sich mit Opal Good, einer entfernten Tante von Liam, und ihrem Mann Theo unterhielten. Penelope schöpfte für die Leute Punsch aus einer in der Ecke aufgestellten Schüssel. Lea und Jacob saßen für sich und unterhielten sich leise. Lea stand auf, als sie Celia und Delia sah, und eilte zu ihnen, um sie zu umarmen.

»Hallo, Mädchen«, sagte sie, warf ein Lächeln in unsere Richtung und warf Liam und mir eine Kusshand zu.

Sie öffnete den Mund, als wolle sie mehr sagen, wurde aber von Beatrice Powers unterbrochen, die hinter uns den Raum betrat. »Hallo, Beatrice«, sagte sie, ihre Aufmerksamkeit sofort abgelenkt.

Zoe war in der Ecke mit Emma und ihrem Freund Jackson. Liam nahm wieder meine Hand und zog mich in diese Richtung. Ich setzte mich auf den Stuhl neben Zoe, schaute mich um und blickte dann zwischen Emma und Zoe hin und her. »Nun, es füllt sich schnell. Irgendwelche Neuigkeiten?«

Emma zuckte mit den Schultern, während Zoe antwortete: »Das hängt davon ab, was du unter Neuigkeiten verstehst. Die aktuelle Arbeitshypothese ist, dass Louise – du weißt schon, diese alte Hexe, die fast am Stadtrand wohnt?« Auf mein Nicken hin fuhr sie fort: »Nun, anscheinend ist sie schon seit Jahren besessen von Gänseblümchen. Also denken alle, sie ist es. Nicht, um schwierig zu sein, aber ich denke, wir brauchen mehr Anhaltspunkte.«

Emma verdrehte die Augen. »Ich weiß nicht einmal, warum wir

dieses Treffen abhalten. Es werden eine Menge Leute reden, obwohl wir nichts wissen. Wir werden alle beschließen, uns wieder zu treffen, nachdem wir mehr Informationen haben.«

Liam warf ein: »Das setzt voraus, dass noch niemand Informationen hat.«

Nachdem weitere Personen in den Leuchtturm geströmt waren, stellte sich Opal an die Spitze des Raumes und pfiff, um alle zur Ruhe zu bringen. Neben einer Reihe von Wickeds und Goods aus den verschiedenen Zweigen unserer Familien hatten sich noch eine Reihe anderer Hexen und Zauberer der Versammlung angeschlossen, darunter die Bishops, die die örtliche Zeitung und Druckerei, The Ink Spot, betrieben, und einer der Levesques, ein entfernter Verwandter von Daniel. Während Charm Coves Polizeichef keine übernatürlichen Kräfte besaß, war er mit einer ganzen Reihe von Hexen und Zauberern verwandt. Zoes Mutter, Bets Baker, war ebenfalls da, zusammen mit Tom Lewis, dem alten Zauberer, der uns kürzlich geholfen hatte, die Probleme im Zusammenhang mit den Ahornsirup-Diebstählen zu lösen.

Nach einem kurzen Gemurmel beruhigten sich alle. »Also«, begann Opal mit fester Stimme, »falls es jemand verpasst hat: Die Stadt ist mit Gänseblümchen bedeckt, und jetzt werden sie rosa. Unnötig zu sagen, dass wir alle ein wenig besorgt sind über die Aufmerksamkeit, die unsere Stadt bekommt. Jetzt diskutieren die lokalen und nationalen Nachrichten über den angeblichen mystischen Ruf von Charm Cove.«

Penelope hob schnell die Hand. Opal, die dazu neigte, diese Treffen wie eine Lehrerin zu leiten, nickte. »Ja, Penelope?«

»Ich dachte, ich sollte bekannt geben, dass ich glaube, ich bin der Grund, warum die Gänseblümchen rosa geworden sind«, antwortete Penelope mit einem warmen Lächeln.

Es gab ein paar Kichern und Gemurmel in der Gruppe, aber Opal warf einen scharfen Blick durch den Raum, bevor sie wieder zu Penelope schaute. »Was ist passiert, Penelope?«

»Wie Moira bestätigen kann, habe ich heute Morgen im Laden vorbeigeschaut, weil ich dachte, ich könnte einen Zauber versuchen, um den Gänseblümchen entgegenzuwirken. Wie ihr wisst, hat unsere Familie viel Blumenkraft. Ich dachte, was auch immer das verursacht, muss ein Kombinationszauber sein – etwas mit Blumen und dem Wetter. Ich kann mir keinen anderen Zauber vorstellen, der dieses Problem erschaffen würde. Nachdem ich ein paar Tränke gemischt hatte, die zu einem Zauber passen würden, wirkte ich ihn. Innerhalb von ein oder zwei Stunden begannen die Gänseblümchen, rosa zu werden.« Sie faltete die Hände in ihrem Schoß und zuckte mit einem bedauernden Lächeln die Schultern.

Es gab keine Möglichkeit, wirklich zu wissen, ob das der Grund war, warum die Gänseblümchen rosa wurden, aber es war genau die Art von Ding, die dazu neigte zu passieren, wenn Penelope Magie benutzte. Es funktionierte, nur nicht immer so, wie es beabsichtigt war.

Opal nickte wieder. »Nun, danke. Ich denke, wir können alle froh sein, dass kein Schaden durch deinen Zauber entstanden ist. Ich muss aber sagen, ich glaube, du bist auf der richtigen Spur, was den Zauber betrifft, der gewirkt wurde, um das zu bewirken. Ich gehe davon aus, dass niemand von uns etwas damit zu tun hatte, sonst wärt ihr nicht hier. Natürlich haben wir nur Leute eingeladen, von denen wir wissen, dass sie sicher sind, und wir mussten uns keine Sorgen machen, dass irgendwelche komischen magischen Geschäfte vor sich gehen könnten. Hat jemand Vorschläge? Jetzt ist der Zeitpunkt, um zu sprechen, wenn ihr Gerüchte gehört habt, oder wenn ihr Ideen habt, wer das tun wollte und warum.«

Lea stand auf, um sich Opal vorne anzuschließen. Sie neigten dazu, sich gegenseitig hin und her zu stoßen, was die Leitung dieser Treffen betraf. Ich konnte mir nicht vorstellen, dass Lea Opal erlauben würde, die ganze Sache zu leiten. Leas überwiegend silbernes Haar hing heute Abend lose, statt wie üblich in ihrem Zopf. Sie war typisch in einer weißen Bluse über einem langen, anliegenden Rock gekleidet. Sie trug praktische Lederwanderstiefel. Ihre Armreifen klirrten, als sie die Hände hob, um zu sprechen.

»Penelope hat mit mir über ihre Ideen gesprochen. Ich stimme zu, dass es eine Kombination aus Blumen- und Wetterkraft sein muss. Wir müssen herausfinden, wer genug Kraft haben könnte, um so etwas zustande zu bringen. Es ist ein bisschen unpraktisch, überall Gänseblümchen zu haben, aber ansonsten scheint kein Schaden zu entstehen. Meine größte Sorge ist die Aufmerksamkeit, die die Stadt auf sich zieht, und die Fragen zu unserer Geschichte«, erklärte Lea.

Einer der Levesques sprach. »Das stimmt, es war gestern Abend auf zwei nationalen Nachrichtensendern. Ich weiß gar nicht, was ich davon halten soll. In den sozialen Medien...« Sie hielt inne, um sich umzuschauen. »Übrigens, ich habe Social-Media-Konten, und ich passe auf. Jedenfalls wurde Charm Cove zum Gänseblümchen-Weltwunder erklärt, dem neuesten und achten Weltwunder. Überall gibt es Memes und Fotos. Während ich zustimme, dass die rosa Gänseblümchen nicht besorgniserregender sind als die weißen, sieht es jetzt so aus, als wäre unsere Stadt in Rosa getaucht worden.«

Opal nickte zustimmend, ebenso Lea. »Wir sind uns alle einig. Es ist überall in den Nachrichten. Vor hundert Jahren hätten wir das vielleicht noch in den Griff bekommen und lokal halten können, aber jetzt fliegen Nachrichtenleute von überall nach Charm Cove.«

Eine weitere Hand schoss in die Höhe, diesmal die meiner Mutter, Camille Wicked. Meine Mutter stammte aus einer langen Reihe von Hexen und hatte in die Familie Wicked eingeheiratet, als sie meinen Vater Gabriel heiratete. Als ich durch den Raum schaute, sah ich meinen ältesten Bruder, ebenfalls Gabriel, durch die Tür kommen. Er umging die Stühle im hinteren Bereich, um sich neben Liam zu setzen.

»Ja, Camille?« fragte Lea.

»Alice ist nicht hier, aber wir müssen sie bitten, all ihre Aufzeichnungen darüber zu prüfen, welche Familien diese beiden Kräfte haben. Was auch immer das ist, es ist ein Riesenzauber. Ich denke nicht, dass nur eine Person ihn gewirkt hat.«

Opal nickte feierlich. »Ich stimme voll und ganz zu. Selbst in einem kleinen Gebiet hätte dies viel Kraft erfordert. Aber das geht jetzt schon seit drei Tagen so. Wenn es so weitergeht, werden wir die Stadtpflüge einsetzen müssen, um die Straßen von Gänseblümchen zu befreien. Auf einigen der Nebenstraßen, die nicht so stark befahren sind, sind die Gänseblümchen mehrere Zentimeter dick.«

Celia hob die Hand, und ich konnte die Fragen praktisch in den Augen ihrer Mutter wirbeln sehen. »Ja, Liebes, was ist los?« fragte Lea.

»Nun, als wir heute in der Schule waren, sagte eines der Mädchen, dass ihre Großmutter Gänseblümchen liebt. Glaubt ihr, sie hätte das getan, nur weil sie Gänseblümchen liebt? Sie sagte sogar, dass sie es mag, sie überall zu sehen.«

»Und wer ist das?« fragte Lea.

»Diese Louise, draußen am Stadtrand. Sie kommt nie mehr in die Stadt«, fügte Celia hinzu.

Tom Lewis saß neben den Zwillingen. Er lehnte sich zu ihnen hinüber, und ich konnte sehen, wie er den Mädchen etwas sagte. Sie schauten ziemlich zu ihm auf, da er ihnen fortgeschrittenere Magie beibrachte.

Das Gespräch ging weiter, wobei noch einige andere Verdächtige genannt wurden, darunter Isobel Martin. Bei so vielen redenden Leuten verlor ich den Überblick, warum jemand sie verdächtigte, aber ich hatte das Gefühl, dass ich etwas sagen musste. Ich hob meine Hand und wartete, bis Opal mich bemerkte. »Ja, Moira?«

»Ich habe Isobels Namen gehört. Ich glaube nicht, dass Isobel genug Kraft hat, um so etwas zu bewirken. Es stimmt, dass sie vom Gärtnern besessen ist und denkt, sie hätte Blumenkraft. Aber sie hat wirklich nicht viel davon, und sie ist nicht sehr geschickt darin, sie zu nutzen«, erklärte ich.

Isobel Martin war ein freundlicher Mensch und hatte immer ihre Nase in allem. Sie war eine Hexe, aber sie kam aus einer Familie ohne viel Kraft. Ihre Blumenkraft – wenn man sie überhaupt *Kraft* nennen wollte – war so gering, dass sie, wenn sie mit dem örtlichen Gartenclub arbeitete, eher dazu neigte, Dinge zu töten, als sie zum Wachsen zu bringen.

Lea seufzte und nickte langsam. »Das stimmt. Ich kann mir nicht vorstellen, dass Isobel so etwas zustande bringt.«

»Es sei denn, sie arbeitete mit jemand anderem zusammen«, fügte Opal hinzu.

Die Diskussion ging weiter mit verschiedenen Theorien und Spekulationen, die hin und her geworfen wurden. Als das Treffen endete, wurden einigen Leuten verschiedene Ermittlungsaufgaben zugewiesen, sozusagen. Natürlich hatte Alice Good, laut Liam, bereits mit ihrer Recherche begonnen. Sie durchforstete Stapel alter Dokumente über Hexenfamilien und Kräfte, die über Generationen hinweg verfolgt wurden. Es schien, als ob die meiste Aufmerksamkeit auf

Louise und Isobel gerichtet war. Ich konnte immer noch nicht glauben, dass Isobel etwas damit zu tun hatte, aber ich wollte die Möglichkeit nicht sofort ausschließen.

Als Liam und ich an diesem Abend nach Hause zurückkehrten, begrüßte uns Ghost auf seine übliche Weise, indem er vom Regal über der Tür sprang, um auf der Schulter desjenigen zu landen, der am nächsten war. Heute Abend war das zufällig meine. Nachdem er auf dem Boden gelandet war, drehte er sich um, sein Schwanz hin und her wischend auf dem glänzenden Holzboden. In diesem Moment hatte er ein lila Gänseblümchen in seinem Maul.

»Oh mein Gott«, murmelte ich und warf einen Blick zu Liam. »Jetzt sind sie auch noch lila.«

KAPITEL SECHS

Am nächsten Morgen, nach einem Kaffee mit Liam und nachdem ich mir ein Scone bei Magic Beans geholt hatte, kam ich im Laden an und entdeckte, dass eines der Regale im hinteren Lagerbereich heruntergefallen war. Ich räumte auf und machte mich an die Arbeit, mit dem Plan, am Nachmittag im Baumarkt vorbeizuschauen, sobald die Zwillinge ankommen würden, um mir Unterstützung zu geben.

Überall waren noch immer Gänseblümchen, und es kamen noch mehr Touristen in den Laden und bevölkerten die Straßen. Während ich zwischen den Kunden wartete, schaute ich gelegentlich am Computer nach den Neuigkeiten. Fotos von Charm Cove zierten die Titelseiten der meisten großen Nachrichtenwebseiten. Die Neuigkeit hatte sich verbreitet, und die Gänseblümchen würden nicht so schnell verschwinden. Alle paar Minuten regnete es weiterhin Gänseblümchen.

Als die Zwillinge für den Nachmittag eintrafen, machte ich mich auf den Weg zu Hardware Charm, um alles zu besorgen, was ich brauchte, um das Regal wieder zu befestigen. Als ich durch die Haupttür ging, atmete ich tief ein. Dieser Laden, wie fast alle in der Innenstadt von Charm Cove, war in einem alten Haus untergebracht. Das Erdgeschoss war in den Baumarkt umgewandelt worden, mit einer kleinen Pension im Obergeschoss. Die Besitzer vermieteten sie während der Hochsaison im Sommer.

Irgendetwas an diesem Raum ließ mich fühlen, als würde ich in die Vergangenheit zurücktreten. Der originale Hartholzboden und die gepresste Zinndecke waren noch vorhanden, mit einem Deckenventilator, der sich träge darüber drehte. Die Besitzer hatten sogar die ursprünglichen Regale aus der Zeit behalten, als der Laden gebaut wurde – na ja, vor ein paar hundert Jahren. Die Regale waren aus Eiche, also sehr robust, verblasst und durch die vielen Jahre der Nutzung zu einem Glanz poliert.

Ich hängte einen Korb über meinen Arm und schlenderte durch die Gänge. Als ich um die Ecke in einen anderen Gang bog, sah ich Isobel Martin vor mir stehen. Aus irgendeinem Grund traf ich sie hier immer wieder. Sie hatte ständig irgendein kleines Projekt am Laufen. Dies war die Art von Baumarkt, wo man so ziemlich alles bekam.

Isobel drehte sich um, schaute in meine Richtung, und ein Lächeln breitete sich auf ihrem Gesicht aus, als sie mich sah. »Hi, Moira! Was machst du hier?«

Ich hielt neben ihr an, die zufällig vor der Auswahl an Schrauben stand, genau da, wo ich hinmusste. »Ein Regal in unserem Lagerraum ist heruntergefallen, also muss ich es reparieren. Nichts Großes. Zum Glück ist die Rigipswand nicht beschädigt«, erklärte ich.

Isobels runde braune Augen knitterten in den Winkeln durch ihr Lächeln. Mit ihrem kurzen braunen Lockenhaar, ihren braunen Augen und ihrer leicht rundlichen Figur strahlte sie Wärme aus. Isobel liebte es, ihre Nase in alles zu stecken, und sie ging sofort zur Sache.

»Also, was hast du gehört?«, fragte sie, lehnte sich vor und sprach mit theatralischem Flüstern. Sie schien völlig ahnungslos zu sein, dass ihr Flüstern laut genug war, dass jeder in unserer Nähe es hören konnte. Zum Glück war niemand in der Nähe.

»Nicht viel. Und du?«

Obwohl ich ernsthaft bezweifelte, dass Isobel etwas mit diesem Gänseblümchen-Schlamassel zu tun hatte, behielt ich es im Hinterkopf. Sie war so darauf versessen, alles zu wissen, dass es mich nicht überraschen würde, wenn sie etwas verraten würde, falls sie damit zu tun hätte.

»Es gibt einfach überall Gänseblümchen, und es ist verrückt. Gestern wurden sie rosa und heute Morgen habe ich ein lilafarbenes gesehen. Ich weiß gar nicht, was ich davon halten soll«, sagte sie, ihre Augenbrauen wanderten so weit nach oben, dass sie fast hinter ihrem Haaransatz verschwanden.

»Ich weiß. Es ist bestimmt seltsam. Und jetzt ist Charm Cove in allen Nachrichten. Das macht mir Sorgen.«

Isobel sah etwas verwirrt aus, also erläuterte ich: »Weißt du, es gibt Dinge, die wir lieber unter dem Radar halten würden.«

Isobel liebte es, sich in der Hexengemeinschaft zugehörig zu fühlen. Sie war eine Hexe und hatte viele Hexen in ihrer Familie, doch im Laufe der Jahre waren sie alle mit ihren Kräften auf einem ziemlich niedrigen Niveau geblieben. Hexen konnten Kräfte gewinnen und verstärken, aber sie mussten sich dem widmen. Typischerweise behielten Familien, die immer mächtiger wurden, dies über die Jahrhunderte hinweg bei. Andere hatten einfach nie die Disziplin, eine Stufe aufzusteigen, sozusagen.

In Isobels Augen dämmerte das Verständnis, und sie nickte weise, als ob sie von Anfang an verstanden hätte, was ich meinte. »Oh ja, du hast recht. Daran habe ich nicht viel gedacht. Ich fand es irgendwie lustig, dass wir in allen Nachrichten sind.«

Ihre Antwort brachte mich zum Nachdenken. Isobel hatte keinen bösen Knochen in ihrem Körper, es sei denn, man zählte ihre Neugierde dazu. Doch sie hatte sich schon immer gewünscht, besser mit ihrer Blumenkraft umgehen zu können. Sie schien nicht herausgefunden zu haben, dass sie dafür viel üben musste. Ich fragte mich unwillkürlich, ob sie versehentlich einen Zauber ausprobiert hatte und die völlig verrückt gewordenen Gänseblümchen das Ergebnis waren. Das bedeutete auch die Wetterkraft, die viel komplexer war als die Blumenkraft. Ich konnte kaum glauben, dass Isobel etwas über Wetterkraft wusste. Das schloss sie entweder völlig aus oder bedeutete, dass sie verrückt genug gewesen war, einen Zauber zu versuchen, der furchtbar schiefgegangen war.

»Wenn wir in den Nachrichten bleiben, könnten wir ein Problem bekommen.«

»Oh mein Gott.« Sie legte ihre Hand auf ihr Herz, ihr Blick wurde feierlich. »Wie stoppen wir die Gänseblümchen?«

»Deine Vermutung ist so gut wie meine. Tu mir einen Gefallen. Wenn du etwas hörst, komm bitte im Laden vorbei und lass es mich wissen, okay?«

Isobel nickte und drückte meinen Arm. »Natürlich. Du hast mein Wort. Apropos, gibt es Neuigkeiten zu deiner Hochzeitsplanung? Ich schaue gerade nach, ob ich mir Tickets nach Schottland leisten kann«, sagte sie mit einem ziemlich enthusiastischen Lächeln.

Hochzeiten für Hexen und Hexer in Charm Cove waren im Wesentlichen offene Einladungen. Ich nahm an, dass die gleiche Annahme getroffen wurde, obwohl unsere Hochzeit in Schottland geplant war. Es machte mir nichts aus, wenn Isobel kam, aber es überraschte mich durchaus.

»Oh wirklich? Das würden wir lieben. Jeder ist willkommen.«

»Halt mich auf dem Laufenden. Wenn ich es nicht schaffe, will ich Bilder, ganz viele Bilder«, sagte sie und wedelte mit dem Finger vor mir. »Ich muss jetzt los, Liebes. Ich muss nach Hause und das Abendessen kochen.« Damit nahm sie eine kleine Schachtel mit Nägeln und eilte davon.

Nachdem ich alles für die Regale besorgt hatte, kehrte ich zum Laden zurück und fragte mich, was wir in den kommenden Tagen noch über die Gänseblümchen hören würden. Auf meinem Rückweg wich ich Touristen aus und bahnte mir vorsichtig meinen Weg durch die Gänseblümchen auf dem Bürgersteig. Sie türmten sich in den Rinnsteinen auf, und ich sah einen unserer Stadtlastwagen, der die Runde machte, um sie zu beseitigen. Ich stellte mir vor, dass sie nie geplant hatten, Schneepflüge zu benutzen, um Gänseblümchen zu beseitigen.

Ich hielt auf dem Bürgersteig am Stadtpark gegenüber von Persnickety Potions & Gifts an und wartete, bis mehrere Autos vorbeifuhren. »Moira Wicked!«, rief eine Stimme.

Als ich umherblickte, landeten meine Augen auf dem Reporter, den ich neulich gesehen hatte. Dale winkte, und ich winkte zurück, befahl mir selbst, genau dort zu warten, bis er mich erreichte. So sehr ich ihn auch ignorieren wollte, ich wusste, dass es wichtiger für uns war, die

Erzählung in den Nachrichten zu kontrollieren. Wir würden weitaus mehr Probleme haben, wenn wir es ignorierten.

»Hallo, hallo, Moira«, sagte er, als er vor mir anhielt und den Riemen seiner Kamera auf seiner Schulter zurechtrückte.

»Hallo«, sagte ich höflich. »Wie geht es Ihnen, Dale?«

»Gut, gut«, antwortete er, während er sein Handy hervorholte und durch einige Notizen scrollte. »Haben Sie etwas dagegen, wenn ich Sie aufnehme?«, fragte er, sah schnell auf und schob seine Brille auf seiner Nase hoch.

Ich war einen Moment überrascht, obwohl ich das hätte erwarten sollen. Ich beschloss, einfach mitzumachen. »Nein, natürlich nicht. Was kann ich für Sie tun?«

Dale tippte auf einige Symbole auf seinem Handybildschirm und hielt es dann zwischen uns hoch. Ich vermutete, er hatte die Aufnahme gestartet.

»Zunächst würde ich gerne Ihre Meinung zu den Gerüchten hören, dass Charm Cove bis zum Rand mit Hexen und Hexern gefüllt ist. Diese Frage mag lächerlich erscheinen, aber es gibt einige Gerüchte über diese Stadt. Angesichts der Tatsache, dass hier überall Gänseblümchen sind, würden Sie sicherlich zustimmen, dass es ziemlich seltsam ist. Ich würde gerne Ihre Gedanken dazu hören.«

Ich hielt meinen Gesichtsausdruck bewusst neutral und lächelte höflich. »Nun, ich denke, es ist sicherlich ein lustiges Gerücht. Diejenigen von uns, die aus Charm Cove stammen, lieben unsere skurrile Geschichte. Es gibt keine Möglichkeit, es wirklich zu wissen, oder? Meiner Meinung nach ist es einfach nur ein bisschen Spaß. Es ist wie wenn man von Spukhäusern und solchen Dingen hört.«

Dale nickte, schien aber mit meiner vagen Antwort etwas unzufrieden zu sein. Nach einer weiteren Pause fragte er: »Was halten Sie davon, dass diese Stadt zufällig Familien mit den Nachnamen Wicked und Good hat? Sie sind zufällig eine Wicked. Was wissen Sie über den Ursprung der Familiennamen?«

Diese Frage wurde mir schon einmal gestellt, also hatte ich eine einstudierte Antwort. »Die Aufzeichnungen unserer Stadt zeigen, dass die beiden Familien vor Jahrhunderten Freunde wurden. Die Namen sind Variationen französischer und keltischer Namen. Anscheinend fanden die Familien, dass es ein bisschen Spaß war und nichts weiter.«

Okay, das war eine glatte Lüge, aber ich blieb dabei.

Dale nickte und fuhr mit seinen Fragen fort. »Was ist mit den Gerüchten, dass eine Reihe von Familien hier ursprünglich aus Salem, Massachusetts stammen und hierher gezogen sind, um der damaligen Hexenhysterie zu entkommen?«

Noch eine Frage, die ich schon einmal gehört hatte. Nicht unbedingt von einem Reporter, aber von Menschen, die neugierig auf die Geschichte von Charm Cove waren.

»Wie Sie wissen, zumindest soweit die Geschichtsbücher es uns erzählen, expandierten Familien in dieser Zeit überall in Neuengland. Offensichtlich war ich zu dieser Zeit nicht am Leben, aber es ist nicht besonders ungewöhnlich, dass Familien aus dem Gebiet von Massachusetts nach Maine zogen. Es ist wunderschön hier, und Erkunden war zu dieser Zeit üblich. Ich weiß sicherlich nichts anderes als das. Ich habe das gleiche Gerücht gehört. Vielleicht war Charm Cove ein wenig zu tolerant gegenüber der Förderung dieser Geschichten, weil sie ein bisschen Spaß machen«, erklärte ich. Es gelang mir, die Schultern zu zucken und wieder ein neutrales Lächeln aufzusetzen.

Wieder schien Dale mit meiner Antwort unzufrieden zu sein, aber ich biss nicht an und bot nicht mehr an. »Was glauben Sie, hat diese Gänseblümchen verursacht?«

Als er sprach, erschien ein weiterer Reporter mit einer Kamera, praktischerweise genau in dem Moment, als ein Schauer von Gänseblümchen vom Himmel fiel, eine Mischung aus weißen, rosa und einigen lila Blüten.

Lieber Gott.

»Es ist für die Einheimischen in Charm Cove ebenso ein Rätsel wie für alle anderen«, sagte ich und fluchte im Stillen über die Gänseblümchen, während ich ein höfliches Lächeln aufsetzte. »Wenn es Ihnen nichts ausmacht, muss ich jetzt wirklich zur Arbeit.«

Dale dankte mir, und ich ging meines Weges, wobei ich meinen Mund fest geschlossen hielt. Wir brauchten dringend, dass diese Gänseblümchen aufhörten, vom Himmel zu fallen, und zwar so schnell wie möglich.

Ich hoffte, dass die Reporter irgendwie die verschwörungsgläubigeren Typen vermieden, die in Charm Cove lebten. Obwohl Hexen und Hexer die Mehrheit in der Stadt waren, gab es Einwohner, die absolut keine übernatürlichen Kräfte hatten. Einige derjenigen, die keine hatten, wussten von unserer Existenz und waren unserer Anwesenheit freundlich gesinnt, während andere alle möglichen heimtückischen Theorien über uns hatten und nur in der Stadt blieben, weil die Wirtschaft boomte und sie davon profitieren wollten. Es kam ihnen nie in den Sinn, sich zu fragen, warum unsere Wirtschaft immer boomte, egal was anderswo passierte.

Manchmal wollte ich ihnen die Meinung geigen und die wahre Wahrheit darüber erzählen, wie glücklich sie waren. Ohne ihr Wissen wurden sie mit der Magie von Hexen und Hexern gesegnet, die ihnen großes Glück bescherte, für das sie sich alle Lorbeeren holten. Aber ich tat es nie. Ich wusste, es war am besten, meinen Mund fest geschlossen zu halten.

Ich bahnte mir meinen Weg durch die Touristen, die die Straßen füllten, und trat dabei Gänseblümchen aus dem Weg, bis ich zur Tür von Persnickety Potions & Gifts kam, stieß die Tür auf und fand den Laden überfüllt vor. Ich eilte nach hinten, legte die Sachen von Hardware Charm ab und kehrte sofort nach vorne zurück, um den Zwillingen zu helfen.

KAPITEL SIEBEN

Am folgenden Abend, ohne Fortschritte bei der Klärung, wer für die Gänseblümchen verantwortlich war, aßen Liam und ich bei seinen Eltern zu Abend. Das machten wir oft, zusammen mit meiner Familie und anderen Verwandten. Heute Abend waren wir eine kleinere Gruppe und genossen das Abendessen in der Küche am Tisch im hinteren Teil.

Die Fenster boten einen Blick auf den Ozean. Wie meine Eltern besaß Liams Familie ein Grundstück an einer Klippe. Die felsige Küste war atemberaubend schön und bot einen endlosen Blick auf den Atlantischen Ozean.

Ich strich etwas Butter auf eine Scheibe frisch gebackenes Brot und lehnte mich in meinem Stuhl zurück, während ich zu Liams Mutter, Alice, hinüberblickte. Liam hatte die tiefblauen Augen und pechschwarzen Haare seiner Mutter geerbt. »Gibt es Neuigkeiten bei deiner Recherche?«, fragte ich.

Alice zuckte mit den Schultern, ihr Blick besorgt. »Ich habe ein bisschen recherchiert, aber nicht viel gefunden, was uns helfen könnte. Blumenkraft ist ziemlich verbreitet, was die Sache nicht einfacher macht.«

Juliette, Liams Schwester und eine alte Freundin, saß schräg gegenüber von mir. Sie hatte die gleiche Haarfarbe wie ihr Bruder und ihre Mutter und zeigte ein schiefes Lächeln. »Ich weiß, dass wir uns Sorgen um die ganze Aufmerksamkeit machen, die Charm Cove bekommt, aber ihr müsst zugeben, es ist einfach lächerlich. Gänseblümchen sind *überall*. Das ist wie aus einem schlechten Science-Fiction-Film. Gänseblümchen sind die am wenigsten beängstigenden Blumen, die ich mir vorstellen kann, aber sie übernehmen einfach die Kontrolle.«

Liams Vater, William, schaute zu Juliette und lächelte leicht. »Es *ist* lächerlich, aber wenn diese Aufmerksamkeit anhält, könnten wir Schwierigkeiten haben, die Geschichte zu kontrollieren.«

»Ich wurde gestern auf dem Dorfplatz interviewt, als ich nach einem Besorgungsgang zum Laden zurückkehrte«, warf ich ein. »Ich dachte, es wäre vielleicht eine gute Idee, wenn wir tatsächlich planen würden, dass ein paar Leute sich bewusst für Interviews zur Verfügung stellen. Ich befürchte, wenn wir das nicht tun, werden einige der mehr verschwörungstheoretisch veranlagten Leute wie verrückt Gerüchte verbreiten. Das Letzte, was wir brauchen, sind mehr Gerüchte in den nationalen Nachrichten.«

Liam nickte, während er ein Stück Brot zu Ende kaute. »Ich denke, das ist eine gute Idee.«

»Oh, auf jeden Fall«, fügte Alice hinzu. »Ich werde morgen mit Opal sprechen. Sie würde es sicher gerne machen. Ich möchte kein Interview anbieten, weil zu viele Leute wissen, dass ich Genealogie studiere. Ich möchte lieber nicht in eine Situation geraten, in der ich vor der Kamera lügen muss.«

Juliette lachte. »Meine Güte, zum ersten Mal will Mama nicht die Expertin sein.«

Ich nahm einen Schluck Wein und blickte zu Alice. »Was deine Nachforschungen angeht, gibt es Hinweise auf bestimmte Familien?«

Alice legte ihre Gabel hin und schob ihren Teller zurück. »Nun, wie wir alle wissen, ist Blumenkraft unglaublich verbreitet. Sie kommt im Grunde in jeder Hexenfamilie vor. Wonach ich gesucht habe, ist jemand in irgendeiner Generation, der bekannt dafür war, mehr als durchschnittliche Blumenkraft zu haben. Bisher tauchen drei Familien auf unserem Radar auf. Die Familie Good, aber nicht meine Seite davon, weil ich eingeheiratet habe. Es läuft definitiv durch die Familie«, sagte sie und blickte zu William, der nur mit den Schultern zuckte. »Über die Goods hinaus war Isobel Martins Familie eine Überraschung. Nicht die Familie ihres Mannes, sondern ihre eigene. Ihr wisst, sie hat ihren Mädchennamen behalten.«

»Kommt das oft vor?«, fragte ich. Die Frauen in den Familien Wicked und Good waren dafür bekannt, ihre Mädchennamen zu behalten. Nicht alle, aber definitiv genug, dass es auffällig war. Das war eine Frage, über die ich selbst nachgedacht hatte, aber eine, die ich mir für später aufheben wollte, bis ich eine Entscheidung treffen musste.

Alice nickte. »Es ist definitiv nicht ungewöhnlich. Zu meinem Punkt jedoch, Isobels Urgroßmutter war ziemlich mächtig, was Blumen und Pflanzen anging. Es gibt keine Aufzeichnungen darüber, dass sie etwas wie dieses Gänseblümchen-Fiasko angerichtet hat, aber ihre Blumenkraft war bekanntermaßen außergewöhnlich. Es hat meine Aufmerksamkeit hauptsächlich erregt, weil ihre Familie nicht dafür bekannt ist, in irgendeinem Bereich bemerkenswerte Kräfte zu haben. Ob uns das etwas sagt, weiß ich nicht. Bei dem Treffen neulich Abend gab es einige Spekulationen über sie.«

Ich drehte mein fast leeres Weinglas zwischen meinen Fingern und dachte darüber nach. »Ich bin Isobel bei Hardware Charm über den Weg gelaufen. Das Einzige, was mich zum Nachdenken brachte, war, dass es ihr nicht in den Sinn zu kommen schien, dass Hexen und Hexer besorgt sein könnten, dass Charm Cove auf diese Weise in den Nachrichten auftaucht. Als ich meine Bedenken ansprach, war sie überrascht. Ich glaube nicht, dass Isobel absichtlich etwas Schädliches tun würde. Sie ist allerdings ein bisschen schusselig, also hat sie vielleicht versucht, etwas Lustiges zu machen, und es ist schiefgegangen.«

»Wenn es um Isobel geht, ist das durchaus eine Möglichkeit«, meinte Juliette.

»Wer ist die andere Familie?«, fragte Liam.

»Die Familie Wildes. Ich weiß, es gibt bereits einige Verdächtigungen bezüglich Louise Wildes, weil sie mächtig ist und Gänseblümchen liebt. Hier und da über die Generationen hinweg haben Mitglieder ihrer Familie einige ziemlich bemerkenswerte Dinge mit Blumen gemacht. Bei der Hochzeit ihrer Großmutter – das wäre zwei Generationen zurück gewesen – haben sie mit Magie eine gesamte

Blumenlaube und einen Bogen geschaffen, durch den sie gehen konnten.

»Es war ziemlich schön. Ich habe es nie vergessen, weil wir zu ihrer Hochzeit gegangen sind. Meine Eltern gingen hin und nahmen mich mit. Ich war ein kleines Mädchen und dachte, es wäre das Tollste überhaupt. Abgesehen von diesen Familien ist nichts Bemerkenswertes aufgetaucht. Wie sie in den Nachrichten erwähnten, gibt es einen dokumentierten Vorfall, bei dem vor Jahrhunderten in Schottland etwas Ähnliches passiert ist. In diesen Aufzeichnungen werden keine Namen erwähnt, was ich interessant finde. Lässt mich überlegen, ob sie das absichtlich weggelassen haben, um in der Zukunft Spekulationen zu verhindern.«

»Ist es möglich, dass jemand aus unserer Familie das getan haben könnte?«, fragte Liam.

William zuckte mit den Schultern. »Nicht in unserer engeren Familie, aber wir haben eine riesige erweiterte Familie. Du hast Cousins dritten und vierten Grades überall auf der Welt und hier in Charm Cove. Menschen tun seltsame Dinge, also würde ich es nie ausschließen.«

»Ich neige immer noch zu der Annahme, dass wer auch immer dies getan hat, nichts Schädliches bezwecken wollte. Abgesehen von der Unannehmlichkeit mit Blumen überall ist das einzige Problem die Aufmerksamkeit und die Fragen über Charm Coves Geschichte«, fügte ich hinzu.

»So wahr«, bestätigte Alice. Sie stand auf und begann, die Teller vom Tisch zu räumen. Ich half ihr zusammen mit Juliette beim Aufräumen.

Nachdem wir uns verabschiedet hatten, fuhr Liam uns durch den späten Abend nach Hause. Da der Frühling in vollem Gange war, waren die Tage länger und die Sonne ging nicht mehr so früh unter. Reflexionen des Sonnenuntergangs hinter uns fielen über den Ozean, ein subtiles Schimmern von Orange und Rot auf der Wasseroberfläche.

Liams Eltern lebten nur wenige Kilometer von dort entfernt, wo wir jetzt auf dem Grundstück meiner Familie wohnten. Liam besaß ein Stück Land, das an das Grundstück seiner Eltern angrenzte, auf dem er jedoch noch ein Haus bauen musste. Vorerst war ich erleichtert, dass wir unseren eigenen Platz im Gästehaus hatten. Als ich durch die plattgetretenen Gänseblümchen zu unserem Haus hinaufging, schaute ich zurück und bemerkte zu Liam: »Sie scheinen nicht mehr so stark zu fallen. Hast du das bemerkt?«

»Ja, das habe ich. Heute Morgen war der erste Morgen, an dem wir nicht überall eine frische Schicht vom Vortag hatten«, antwortete er, während er die Schlüssel aus seiner Tasche nahm und die Tür aufschloss.

Ghost kam über die niedergetrampelten Gänseblümchen gerannt, schoss an uns vorbei durch die Haustür, ein weißer Blitz.

»Ich glaube, ich rufe morgen Emma an und besuche Louise Wildes«, erwähnte ich, während ich meine Clogs auszog und meine Jacke an der Tür aufhängte.

Liam tat es mir gleich und sah zu mir herüber, seine Augen verengten sich. »Du wirst nichts Verrücktes tun, oder?«

»Oh, ich hatte absolut vor, genau das zu tun«, sagte ich lachend.

Er lachte und schüttelte den Kopf. »Ich meine es ernst.«

»Nein, wir werden nur zu Besuch gehen, das verspreche ich. Emma kennt sie von früher, als sie in einer von Emmas Oberstufenklassen unterrichtet hat. Ich verspreche, keine Zaubersprüche, um mich irgendwohin zu transportieren, nichts dergleichen.«

Ein Grinsen verzog einen Mundwinkel von Liam. »In Ordnung.«

Er beugte sich vor und fing meine Lippen in einem schnellen Kuss ein. Wir wurden von Ghost unterbrochen, der um unsere Füße kreiste und laut schnurrte.

KAPITEL ACHT

»Oh mein Gott«, sagte ich, als ich meinen Wagen vor Louises Haus zum Stehen brachte.

»Oh mein Gott ist eine Möglichkeit, es auszudrücken«, erwiderte Emma.

Überall waren Gänseblümchen. Mittlerweile hatte ich mich an diesen allgemeinen Zustand ziemlich gewöhnt. Aber hier waren es nicht nur die Gänseblümchen, die den Boden bedeckten. Sie wuchsen überall, viel mehr als in anderen Gegenden. An der Seite ihres Hauses erstreckte sich ein ganzes Feld voller Gänseblümchen.

»Nun, ich schätze, die Gerüchte stimmen. Sie liebt Gänseblümchen«, fügte ich hinzu.

Emma und ich sahen uns an und zuckten gleichzeitig mit den Schultern.

»Geh du voraus«, sagte ich. »Sie war deine Lehrerin.«

»Alles klar«, antwortete Emma, während sie ihren Sicherheitsgurt löste. Es schien nicht viel Fußverkehr durch die Vordertür gegeben zu haben. Die Gänseblümchen waren nicht plattgedrückt wie in vielen anderen Bereichen. Wir folgten dem Weg zur Tür und warteten, nachdem Emma geklopft hatte.

»Wie war sie als Lehrerin?«, fragte ich mit leiser Stimme.

»Sie war nett. Ich habe eine Eins in ihrem Unterricht bekommen. Sie war definitiv begeistert von Biologie. Am meisten Zeit hat sie mit Pflanzenthemen verbracht.«

Ich schaute hinauf zur Dachlinie. Louise lebte in einem klassischen Salzkasten-Haus im Cape-Stil. Es war ein perfektes Quadrat mit je zwei Fenstern auf jeder Seite im Erdgeschoss und im Obergeschoss, einschließlich einer Gaube auf jeder Seite. Das Haus war wie ein Gänseblümchen angemalt, weiß mit gelben Verzierungen. Wenn nicht die Gänseblümchen den größten Teil des Bodens bedeckt hätten, hätten wir vermutlich einen ordentlichen Hof vorgefunden.

Als ich das Geräusch der sich drehenden Türklinke hörte, blickte ich nach vorne. Die Scharniere protestierten mit einem Quietschen, als sich die Tür öffnete. Ich versuchte mich zu erinnern, wann ich Louise das letzte Mal in der Stadt gesehen hatte, aber es fiel mir nicht ein. Ihr silbernes Haar war straff zu einem Dutt zurückgebunden, und eine Brille saß auf ihrer Nase. Sie war dünn, so dünn, dass ein starker Windstoß sie hätte umwehen können. Sie musterte uns, ihre wäss-rigen blauen Augen verweilten bei Emma, bevor sie zu mir hinüber-blickten.

»Emma Good und Moira Wicked. Was in aller Welt macht ihr zwei Mädchen hier?«

»Hallo, Frau Wildes«, sagte Emma mit einem strahlenden Lächeln. Mir gelang es, mit ihr zu lächeln und höflich zu nicken.

Louise hob eine Augenbraue und schien zu warten, dass wir mehr sagten. Ich spürte sofort, dass sie genau wusste, warum wir hier waren. Die Stille dehnte sich aus, bevor Emma fortfuhr: »Nun, ähm, wir wollten nur...« Ihre Worte verloren sich. Denn was zum Teufel sollte sie sagen?

Obwohl Charm Cove eine Kleinstadt war, obwohl Louise ihre Biologielehrerin aus der Highschool war und obwohl in unserer Stadt fast jeder jeden kannte – besonders unter den Hexen und Zauberern – gab es keine einfache Erklärung dafür, warum wir einfach an diesem zufälligen Nachmittag vor ihrer Tür auftauchten.

Louise lachte schließlich leise und hatte Mitleid mit uns. »Zunächst einmal, nennt mich bitte Louise. Ich bin schon seit Jahren nicht mehr eure Lehrerin. Ich kann mir denken, warum ihr hier seid. Ihr fragt euch, ob ich etwas mit all diesen Gänseblümchen zu tun habe.«

Emma und ich nickten im Gleichklang. »Ja«, piepste Emma mit hoher Stimme.

Louise verdrehte die Augen und rückte ihre Brille auf der Nase zurecht. »Nun, ich kann euch versichern, dass ich nichts damit zu tun hatte.« Sie trat von der Tür zurück und bedeutete uns einzutreten. »Kommt rein. Ich mache euch etwas Tee.«

Wir folgten ihr nach drinnen, wo sie uns durch einen kleinen Torbogen in die Küche führte. Ein kleiner runder Tisch stand in der Nähe der Fenster mit Blick auf ein Feld, das buchstäblich mit Gänseblümchen explodiert war. Emma fing meinen Blick mit einem verlegenen Lächeln auf, als wir uns jeweils auf einen Stuhl setzten, auf den Louise deutete. Louise ging zum Herd, hob einen Kessel hoch, füllte Wasser hinein und schaltete dann die Flamme an.

Sie holte drei Tassen aus einem Schrank und eine kleine Keramikschale gefüllt mit einer Auswahl an Teesorten. Sie stellte alles auf den Tisch und setzte sich zu uns, während wir darauf warteten, dass das Wasser kochte. In der Mitte des Tisches stand eine Vase mit Gänseblümchen.

Auf die Vase deutend bemerkte sie: »Ich *liebe* tatsächlich Gänseblümchen.« Ihre blauen Augen knitterten in den Augenwinkeln mit ihrem Lächeln, als sie zwischen uns hin und her blickte. »Ich wusste, dass etwas nicht stimmte, als Danny mir diese brachte. Jedes Jahr, wenn die Gänseblümchen zu blühen beginnen, pflückt er oft einen Strauß für mich und bringt ihn vorbei. Daran ist nichts Ungewöhnliches. Außer dass dieser Strauß über zweieinhalb Wochen alt ist, von vor der Zeit, als es Gänseblümchen vom Himmel regnete. Ich wusste, dass etwas nicht stimmt, als sie nicht welkten. Nicht einmal ein bisschen. Ich bin gut mit Pflanzen, aber sobald man Blumen pflückt, hält selbst die beste Pflege sie nur eine begrenzte Zeit am Leben. Ich habe heute erst deine Mutter angerufen«, sagte sie und ließ ihren Blick zu mir gleiten. »Ich dachte, jemand sollte es wissen. Ich habe nicht rechtzeitig von dem Treffen am Leuchtturm erfahren, obwohl ich nicht weiß, ob ich all die Treppen hätte schaffen können. Habt ihr Ideen, was los ist?«

Der Kessel pfiff, und Louise stand auf, um die Flamme auszuschalten. Sie kam zurück und füllte die Tassen mit heißem Wasser, nickte in Richtung der Teeauswahl, bevor sie zurückging, um den Kessel auf dem Herd abzustellen.

»Ich wünschte, wir hätten ein paar Ideen«, antwortete ich, während ich einen Zitronentee auswählte und den Teebeutel in meine Tasse tauchte. »Alice durchsucht all ihre Zauberbücher und Genealogien, um herauszufinden, welche Familien eine Geschichte von außergewöhnlicher Blumenkraft haben.«

Louise ließ sich auf ihren Stuhl sinken und nickte, während sie Tee und einen Hauch Zucker zu ihrer Tasse hinzufügte. »Blumenkraft ist sehr verbreitet, wie ihr sicher wisst. Obwohl ich Gänseblümchen liebe, ist meine Blumenkraft ziemlich durchschnittlich. Ich wünschte, ich könnte mehr helfen.« Sie blickte zu Emma. »Die Familie Good hat etwas mehr Blumenkraft.«

Emma nickte. »Ich weiß, aber ich kann an niemanden denken, der das getan haben könnte.«

»Penelope denkt, es ist eine Kombination aus Blumen- und Wetterkraft«, warf ich ein.

»Penelope hat höchstwahrscheinlich recht. Es scheint, als ob der Zauber völlig außer Kontrolle geraten ist. Ich versuche keineswegs, der Familie Good die Schuld zu geben, aber wir müssen praktisch denken. Was ist mit deiner alten Tante? Olivia?«, fragte Louise.

Emma sah einen Moment lang verwirrt aus, und dann klärte sich ihr Blick. Ich nahm einen Schluck von meinem Tee und versuchte mich zu erinnern, wann ich Olivia Good das letzte Mal gesehen hatte. »Mensch, es ist Jahre her, dass ich sie gesehen habe. Lebt sie noch in der Nähe von Charm Cove?«

Emma zuckte mit den Schultern, ihr Blick genauso ratlos wie meiner. »Ich habe sie seit meiner Jugend nicht mehr gesehen. Sie ist sehr zurückgezogen. Sie hat definitiv mehr als durchschnittliche Blumenkraft.«

Louise nahm einen Schluck von ihrem Tee und trommelte mit den Fingerspitzen auf die Tischplatte. »Soweit ich weiß, lebt sie noch auf der anderen Seite der Stadt, knapp innerhalb der Stadtgrenze. Ich kannte sie ein wenig, als wir jünger waren. Sie war ein unartiges Mädchen. Ihr zwei hattet nichts dagegen, hier unangemeldet aufzutauchen. Ich schlage vor, dass ihr sie als nächstes besucht«, bot sie mit einem Grinsen an.

KAPITEL NEUN

Am nächsten Abend fand in Charm Cove eine Notfallsitzung im Rathaus statt, die vom Stadtkomitee einberufen wurde, nachdem es an einem einzigen Tag drei Auffahrunfälle auf dem Charming Way, einer der verkehrsreichsten Straßen der Innenstadt, gegeben hatte. Autos waren auf den Gänseblümchen ins Rutschen geraten. Da der Touristenansturm, der die Gänseblümchen sehen wollte, unvermindert anhielt, mussten wir einen Weg finden, mit diesem vielen Verkehr umzugehen. Die Stadt brauchte einen Plan für die Gänseblümchen und die unbeabsichtigten Nebenwirkungen.

Den ganzen Tag lang, zwischen den Kunden, die Persnickety Potions & Gifts bevölkerten, bekam ich Besuch von Einwohnern sowie Anrufe und Textnachrichten, in denen alle darüber schwatzten, was ihrer Meinung nach bei der heutigen Abendversammlung geplant werden sollte. Ich prophezeite eine ziemlich turbulente Sitzung. Nach der Arbeit traf Liam mich vor dem Laden, und wir gingen Hand in Hand zum Rathaus. Es befand sich an der Ecke von Wicked Way und Good Lane in einem schönen, alten Gebäude aus rosafarbenem Granit. Der hochgeschätzte rosa Granit stammte aus einem nahegelegenen Steinbruch.

Das Gebäude war stattlich und rechteckig. Im unteren Stockwerk befanden sich die Büros der Stadt, mit einem Flur nach hinten, der zu einem überdachten Gang zum angrenzenden Gerichtsgebäude führte. Die obere Etage bestand aus einem großen Versammlungsraum, ähnlich denen der alten Gemeindesäle, und einigen kleineren Konferenzräumen. Im Laufe der Jahrhunderte wurde es für Stadtversammlungen, Feiertagszusammenkünfte und verschiedene andere städtische Veranstaltungen genutzt.

Liam und ich wichen den Gänseblümchen auf dem Gehweg aus. Einer der Schneepflüge der Stadt mit einem Kehrbesen daran rollte langsam die Straße entlang. Als wir das Rathaus erreichten, warf das Licht der untergehenden Sonne im Westen einen sanften Schimmer auf den Granit und verlieh ihm ein ätherisches Aussehen.

Liams Hand war warm um meine. Er hielt an der Ecke inne, bevor wir die Straße überquerten, und blickte zu mir herunter. »Ich habe vergessen zu fragen, wie war dein Tag?«

»Geschäftig. Deiner?«, erwiderte ich mit einem kleinen Lachen.

»Geschäftig.« Er senkte den Kopf und berührte kurz meine Lippen mit seinen, bevor er sich wieder aufrichtete. »Bist du bereit für den Zirkus?«

Ich grinste. »Es sollte interessant werden.«

Wir drehten uns um, meine Hand immer noch fest in seiner, überquerten die Straße und stiegen die Stufen zum Rathaus hinauf. Liam hielt die schwere Holztür auf, und der abgenutzte Holzboden knarrte unter unseren Füßen, als wir den Eingangsbereich durchquerten, um die Treppe an der Seite nach oben zum Sitzungssaal zu nehmen. Schon von unten konnte man das Stimmengewirr hören, ein Zeichen dafür, dass der Raum bereits voll war.

Als wir den Sitzungssaal erreichten, waren die meisten Stühle besetzt. Ich atmete erleichtert auf, dass ich meine Mutter gebeten hatte, uns Plätze freizuhalten. Sie winkte von der Stelle, wo sie mit meinem Vater auf einer Seite des großen Raumes saß. Wir steuerten in ihre Richtung und schlängelten uns durch die im Gang stehenden Menschen. In Anbetracht der Tatsache, dass die Sitzung noch nicht einmal begonnen hatte, würde es bald wohl nur noch Stehplätze geben.

Ich schlüpfte auf den Stuhl direkt neben meiner Mutter, während Liam mich am Ende flankierte. »Gut, dass wir ein paar Minuten früher gekommen sind«, murmelte er, ließ meine Hand los, um seinen Arm über meine Schultern zu legen und sich nach vorne zu beugen, um meine Eltern zu begrüßen. »Hallo, Camille, Gabriel, danke, dass ihr uns Plätze freigehalten habt.«

Meine Mutter lächelte zur Antwort. »Natürlich. Gut, dass ich das getan habe.«

Mein Vater kicherte an ihrer anderen Seite. »Heute Abend wird es heftig werden.«

Verschiedene Familienmitglieder sowohl von Liams als auch von meiner Familie waren im Publikum verstreut. Seine Eltern saßen nur ein paar Reihen vor uns und winkten zurück. Lea und Jacob waren mit den Zwillingen da, und Penelope flüsterte von hinten einen Gruß.

Das Publikum bestand nach meiner groben Schätzung zu etwa zwei Dritteln aus Hexen. Ob Hexe, Hexer oder nicht, die Gänseblümchen waren etwas, womit jeder umgehen musste. Das gesagt, war ich etwas erleichtert, dass es im Publikum reichlich Hexen und Hexer gab, wenn auch nur, weil wir brauchten, dass offizielle Entscheidungen zu unseren Gunsten ausfielen. Wir mussten diese verdammten Gänseblümchen loswerden.

In Anbetracht dessen, dass wir wussten, dass es Magie sein musste, ging ich davon aus, dass es nur eine Frage der Zeit war, bis wir einen Gegenzauber entdeckten. Die Gruppe von Personen im Stadtkomitee bestand mehrheitlich aus Hexen und Hexern. Kurz nachdem wir ankamen, strömten sie von hinten herein und nahmen an einem Tisch vorne Platz. Die Vorsitzende des Komitees, Beatrice Powers, läutete eine Glocke, und alle verstummten schnell, als sie aufstand.

»Diese Sitzung wird eröffnet«, verkündete sie. »Dies ist eine Notfallsitzung des Auswahlrats von Charm Cove. Hauptthema der Diskussion: eine Anhörung, um zu beurteilen, was gegen die Gänseblümchen zu tun ist, die die Stadt übernehmen.« Beatrice warf einen Blick auf die Protokollführerin der Stadt, die hastig tippte. »Ist die offizielle Aufzeichnung eingeschaltet?«, fragte sie.

Anna Goodness, die als Empfangsdame in der Einsatzzentrale der Polizei arbeitete und als Protokollführerin der Stadt für alle offiziellen Angelegenheiten diente, nickte. Anna war ebenfalls eine Hexe.

»Ich bin sicher, ich muss nicht im Detail erklären, was in der Stadt vor sich geht«, begann Beatrice und ließ ihren Blick durch den Raum schweifen. »Braucht jemand eine Erklärung von mir?«

»Es sei denn, Sie können uns sagen, wie zur Hölle wir die Gänseblümchen zum Aufhören bringen können«, rief ein Mann irgendwo aus dem Publikum.

Ich erkannte die Stimme nicht, aber ich dachte, sie kam von einem der Manager des örtlichen Lebensmittelgeschäfts.

Beatrice lächelte. »Ich denke, wir alle würden gerne die Antwort darauf wissen. In der Zwischenzeit geht es darum, wie wir mit den Gänseblümchen umgehen. Ich denke, wir können davon ausgehen, dass dies irgendwann aufhören wird.« Sie hielt inne, als eine Hand im Publikum hochschnellte. »Ja?«

»Haben wir eine Ahnung, was das verursacht? Ich verstehe, dass eine nationale Wetterorganisation zu Besuch ist«, sagte eine Frau. Ich konnte mich nicht an ihren Namen erinnern, aber sie war Apothekerin in der örtlichen Apotheke.

Beatrice schaute zu einem der Männer im Komitee. »Dan hat Kontakt zum Wetterdienst. Gibt es Updates, Dan?«

Dan zog sein Mikrofon näher. »Nichts, es ist ein komplettes Rätsel. Glaubt mir, wenn ich es wüsste, wäre es zu diesem Zeitpunkt überall bekannt.«

»Wir müssen uns darauf konzentrieren, wie wir damit umgehen«, rief jemand anderes.

Beatrice nickte. »Momentan haben wir einen modifizierten Pflug mit einem Kehrbesen, um die Straßen tagsüber zu räumen. Wir haben zusätzliches Budget bereitgestellt, aber wir müssen einen Antrag stellen, um das Budget für Schneeräumung zu erhöhen, was unter Straßenreinigung fällt.«

Es gab einige Gemurmel und dann hob jemand anders die Hand. »Ja?«, rief Beatrice.

Die betreffende Frau, Nancy Struthers, besaß ein lokales Bekleidungsgeschäft. »Ich verstehe nicht, warum Leute wollen, dass die Gänseblümchen aufhören. Mein Geschäft hat sich vervierfacht. Es ist sogar besser als auf dem Höhepunkt des Sommers.«

Das brachte die Sache ins Rollen.

»Bist du wahnsinnig?!«

»Das ist doch verrückt!«

»Es ist nicht verrückt. Es ist kluges Geschäft.«

»Ich bin ganz dafür, dass die Gänseblümchen bleiben. Ich denke, wir können es auf die offizielle Liste der Weltwunder schaffen, und dann wird es von da an ein Kinderspiel sein.«

»Gütiger Gott, das ist nicht natürlich. Es ist mir peinlich, Teil von Charm Cove zu sein. Man hört all diese Gerüchte über Hexen und Hexer, und jetzt denken alle, sie sind echt.«

»Genau. Ich liebe diese Stadt. Ich habe immer gesagt, dass unsere Geschichte niedlich ist. Aber sie ist eben nur niedlich. Wir brauchen nicht, dass die Leute denken, sie wäre echt.«

Meine Mutter lehnte sich herüber, ihr Ton war leise. »Genau was wir brauchen. Ein Streit über die verdammten Gänseblümchen.«

Ich lachte leise und verdrehte die Augen, als sie mich anschaute. »Egal was passiert, wir werden die Gänseblümchen unter Kontrolle bekommen. Wir müssen nur herausfinden, wie, vorzugsweise früher als später.«

Liam beugte sich auf meiner anderen Seite herunter. »Hast du das gehört?«, fragte er.

»Was gehört?«, erwiderte ich.

Meine Mutter hatte sich zur anderen Seite gelehnt, um meinem Vater etwas zu sagen. Ich blickte zu Liam und sah, wie er mit dem Kinn nach vorne deutete. Als ich seinem Blick folgte, bemerkte ich, dass er Emmas Tante, Olivia Good, ansah. »Was hat sie gesagt?«, fragte ich.

»Sie will wissen, wer die Gänseblümchen verrückt gemacht hat. Das Letzte, was wir jetzt brauchen, ist diese Art von Gespräch.«

Beatrice erstickte dieses Thema im Keim. »Ich denke, es ist fair zu sagen, dass niemand von uns die Antwort darauf weiß, Olivia.«

Penelope mischte sich ein und lenkte das Gespräch völlig ab. Obwohl Penelope etwas flatterhaft sein mochte, war sie schlau. Ich zweifelte keinen Moment daran, dass sie eifrig dafür sorgte, dass niemand in der Diskussion darüber, wer verantwortlich sein könnte, zu weit ging. Diese Art von Gespräch war am besten für Treffen nur unter Hexen und Hexern reserviert, nicht für allgemeine Stadtversammlungen. Wir mussten die Welt glauben lassen, dass es sich um ein bizarres Naturphänomen handelte und nichts weiter.

»Meine Güte, Olivia«, sagte Penelope. »Was für eine Frage ist das? Es ist ein Wunder. Wir haben ein Wetterphänomen. Es ist nicht so, als wäre dies das erste natürliche Mysterium. Genießen wir es doch für das, was es ist.«

Das Gespräch ging weiter. Ich hätte nicht mit Sicherheit sagen können, aber es schien, als ob es in etwa gleichmäßig aufgeteilt war, wer hoffte, dass die Gänseblümchen bleiben würden, und wer hoffte, dass wir sie aufhalten könnten. Traurigerweise gab es viele Hexen auf der Seite des Behaltens, was nur zeigte, dass sie die Risiken nicht bedachten.

Wir brauchten *keine* Fragen über Hexen und Hexer in den nationalen Nachrichten. Noch brauchten wir irgendjemanden, der zu tief in Charm Coves Geschichte und Geheimnisse grub.

Beatrice übernahm fest die Zügel und brachte die Komiteegeschäfte wieder auf Kurs. Sie genehmigten eine Erhöhung des Straßenreinigungsbudgets, um vorläufig mit den Gänseblümchen umzugehen, und bewilligten die Eröffnung zusätzlicher Parkplätze auf privaten Grundstücken. Einige Unternehmen würden mit diesen Parkplätzen Geld wie Heu machen. So sehr ich auch wollte, dass die Gänseblümchen verschwinden, war ich etwas enttäuscht, dass meine Familie zufällig keine dieser Parkplätze besaß. Bis dies gelöst war, war das Parken außer Kontrolle. Jemand würde ein hübsches Sümmchen verdienen.

Wir verließen die Sitzung mit dieser Lösung und einer klaren Spaltung in der Stadt. Vorerst hatten die Gänseblümchenbefürworter Glück, denn ein Schauer von Gänseblümchen regnete vom Himmel, als die Menschen begannen, aus dem Rathaus zu strömen.

KAPITEL ZEHN

Am nächsten Morgen fuhr ich in die Stadt, um bei Magic Beans einen Kaffee zu trinken. Normalerweise setzte Liam mich ab, aber heute Morgen musste er zu einem Meeting nach Portland, weshalb er früher als üblich das Haus verlassen hatte. Er arbeitete für die Investmentfirma seiner Familie und erledigte den Großteil seiner Arbeit online. Gelegentlich musste er jedoch an Besprechungen in Portland und Boston teilnehmen.

Ich parkte meinen kleinen roten Kleinwagen auf dem Geschäftsparkplatz und ging hinüber zu Magic Beans. Ein paar Gänseblümchen fielen mir auf den Kopf, die ich abschüttelte, während ich auf dem Gehweg ein paar weitere beiseite trat. Die Stadt hatte bereits schnell mit ihrem erhöhten Budget reagiert und einen weiteren Schneepflug mit einer Kehrmaschine ausgestattet, die gerade die Gänseblümchen von den Straßen der Innenstadt fegte.

Kurz vor der Tür von Magic Beans hielt ich inne und blickte über den Stadtpark. Ich konnte nicht anders, als zu lachen. Gänseblümchen bedeckten die Landschaft, kletterten wie Ranken und fielen vom Himmel. Ich wurde sofort wieder ernst, als ich mich an die Nachrichten von gestern Abend erinnerte. In einer der nationalen Nachrichtensendungen gab es weitere Spekulationen über das Rätsel der Gänseblümchen von Charm Cove.

Als ich die Tür zu Magic Beans öffnete, umhüllte mich der Duft von Kaffee und frisch gebackenen Leckereien. Ich hatte Glück. Nur eine Person stand in der Schlange, obwohl alle Tische besetzt waren. Zoe winkte aus der Ecke. Sie hatte mir eine Nachricht geschickt, dass sie uns einen Tisch freihalten würde.

Nachdem ich mir einen Kaffee und ein frisches Blaubeer-Scone geholt hatte, eilte ich in die Ecke, wo sie wartete. »Guten Morgen«, sagte ich, als ich mich auf den Stuhl ihr gegenüber setzte.

Zoe strich sich eine ihrer braunen Locken hinters Ohr und lächelte. »Morgen. Wie viele Gänseblümchenschauer hast du heute Morgen auf dem Weg hierher gesehen?«

»Nur zwei. Täusche ich mich, oder werden sie langsam weniger?« Ich nippte an meinem Kaffee und wartete, während sie einen Bissen ihres Bagels zu Ende kaute.

»Ich glaube, du hast recht«, sagte sie, nachdem sie sich den Mund abgewischt hatte. »Ich habe nur einen gesehen. Sie wachsen zwar immer noch wie verrückt, aber das ist wohl besser, als wenn sie vom Himmel fallen.«

»Ich gehe heute mit Emma ihre Tante Olivia besuchen«, erzählte ich.

Zoe hob eine Augenbraue. »Wirklich? Was ist eure Ausrede?«

»Wir haben keine gute Ausrede, wir gehen einfach.«

Zoe lachte. »Planst du, dich irgendwohin zu transportieren?«

Ich zuckte mit einer Schulter. »Vielleicht. Falls nötig. Aber ich plane es nicht. Gibt's Neuigkeiten von Daniel?«

Zoe grinste wieder. »Nein, und er ist begeistert. Es ist nichts Kriminelles daran, dass Gänseblümchen wie verrückt wachsen und vom Himmel fallen. Zum ersten Mal muss er nicht diesen verrückten Seiltanz zwischen der Hexenwelt und der Nicht-Hexenwelt vollführen.«

Ich lachte. »Gibt's sonst noch Neuigkeiten? Gerüchte, allgemeinen Klatsch?«

Zoes Wangen röteten sich. »Nun, ich bin endlich schwanger. Deshalb trinke ich Tee«, sagte sie und hob ihre Tasse hoch.

»Oh wow! Herzlichen Glückwunsch!« Ich stand auf und ging um

den Tisch herum, um ihr schnell eine Umarmung zu geben, bevor ich mich wieder setzte. »Darf ich deine Babyparty planen?«, fragte ich mit einem Grinsen.

Zoe lächelte mit einem Seufzer. »Ich wünschte. Meine Mutter will sie planen, also kannst du ihr helfen. Es würde ihre Gefühle verletzen, wenn sie nicht die Fäden in der Hand hätte.«

»Natürlich! Ich liebe deine Mutter über alles, also helfe ich gerne, wie auch immer sie es braucht.« Bets, Zoes Mutter, war praktisch meine zweite Mutter. Als wir aufwuchsen, verbrachte ich viele Nächte bei ihr, so wie Zoe viele Nächte in meinem Haus verbracht hatte. Bets war eine mächtige Hexe, genau wie Zoe. »Apropos deine Mutter, hat sie irgendwelche Hinweise? Sie scheint immer etwas zu wissen.«

»Normalerweise schon«, sagte Zoe und ihre Locken hüpften, als sie nickte. »Diesmal aber nicht. Ich habe sie neulich damit aufgezogen. Zum ersten Mal scheint ihr Klatsch-Radar kaputt zu sein. Wer auch immer das getan hat, hält es ernsthaft unter Verschluss. Wann werdet ihr Emma und du Olivia besuchen?«

»Die Zwillinge sind heute Nachmittag im Laden. Tante Lea hat mir versprochen, dass sie vorbeikommt, um den Laden bis zum Ladenschluss zu betreuen, also gehen wir dann. Willst du mitkommen?«

»Natürlich«, antwortete Zoe mit einem Grinsen.

KAPITEL ELF

Später am Nachmittag fuhr Emma aus der Innenstadt heraus, mit mir auf der Rückbank und Zoe vorne. »Hast du Olivia gestern Abend bei der Gemeindeversammlung gesehen?«, fragte ich.

»Oh ja«, rief Emma über ihre Schulter. »Sie schien ziemlich misstrauisch zu sein, was den Verursacher der Gänseblümchen-Sache angeht. Das lässt mich denken, dass sie es nicht getan hat, aber vielleicht weiß sie etwas.«

»Genau das habe ich auch gedacht.«

Eine kurze Fahrt später, entlang der gewundenen Küstenstraße, die sich an die Küstenlinie schmiegte, erreichten wir den Rand von Charm Cove, wobei das Schild für die nächste Stadt, Windy Bay, in Sicht kam. Emma wurde langsamer und bog von der Straße auf eine schmale Einfahrt ab, die zum Ozean führte.

»Warst du schon mal hier?«, fragte Zoe, während Emma ihren Kleinwagen die Einfahrt hinuntersteuerte. Die Bäume standen dicht an beiden Seiten und spendeten der Einfahrt Schatten.

»Vielleicht als ich klein war, aber ich kann mich nicht wirklich erinnern. Ich musste meine Mutter nach dem Weg fragen. Ich wusste ungefähr, wo es war, aber ich bin nie hierhergefahren«, erklärte sie.

Die Bäume öffneten sich, und wir wurden von dem Anblick von

Gänseblümchen in Hülle und Fülle begrüßt. Gänseblümchen bedeckten alles in Sichtweite. Das war kein Schock, denn Gänseblümchen waren schon seit gut über einer Woche überall in Charm Cove zu sehen, aber hier waren sogar noch mehr Gänseblümchen als gewöhnlich. Sie kletterten wie Ranken an Olivias Haus hoch und verwoben sich auf dem Dach so dicht, dass ich mir vorstellte, sie könnten den Regen abhalten, ohne dass ein echtes Dach darunter wäre.

»Nun«, sagte Zoe schließlich, als wir auf dem, was der Parkplatz zu sein schien, neben einem vollständig mit Gänseblümchen bedeckten Auto zum Stehen kamen.

»Ähm, das ist ein bisschen viel«, bot ich an.

Emma lachte einfach. »*Viel* ist eine Möglichkeit, es auszudrücken.«

Wir stiegen aus dem Auto und gingen über die Gänseblümchen. Selbst Gänseblümchen, die mit abgebrochenen Stielen vom Himmel gefallen zu sein schienen, waren völlig lebendig. Als wir die kleine Treppe betraten, die zur Haustür führte, war sogar das Fenster der Tür mit eng verwobenen Gänseblümchen bedeckt. Angesichts des Zustands des Hauses stellte ich mir vor, dass es wie in einem Grab sein musste, darin zu leben.

»Ich glaube nicht, dass man durch eines dieser Fenster sehen kann«, flüsterte ich Emma zu.

»Ich weiß, das ist verrückt«, flüsterte sie zurück.

Zoe nickte, ihre Augen weit aufgerissen, während sie sich umschaute.

Emma schob ein paar Gänseblümchen beiseite, die die Türklingel bedeckten, und klingelte. Wir warteten ein paar Augenblicke, bevor die Tür aufgerissen wurde.

Olivia stand da und musterte uns mit misstrauischem Blick. »Na, wenn das nicht meine Nichte Emma Good ist, zusammen mit Moira Wicked und Zoe Levesque. Was in aller Welt macht ihr Mädchen hier?«

Olivia hatte fast weißes Haar, das ihr um die Schultern fiel. Sie hatte strahlend blaue Augen und ein wettergegerbtes Gesicht. Sie war so schlank, dass ich vermutete, selbst eine leichte Windböe würde sie umwerfen. Bevor jemand von uns antworten konnte, fuhr sie fort: »Ich nehme an, ihr wundert euch über die Gänseblümchen.«

Emmas Augen glitten zu meinen. Ich zuckte mit den Schultern und blickte zurück zu Olivia. »Genau deshalb sind wir hier. Ich hätte nicht gedacht, dass es möglich ist, aber es scheint, als hättest du mehr Gänseblümchen als jeder andere.«

Olivia nickte. »Genau. Dieses Auto dort«, sie deutete auf das Auto hinter uns. Wir schauten zurück, um das Auto zu betrachten, das durch die eng darum gewobenen Gänseblümchen getarnt war. Als wir uns gleichzeitig wieder umdrehten, fuhr sie fort: »Damit bin ich gestern Abend zur Gemeindeversammlung gefahren. Wenn ihr denkt, ich hätte damit etwas zu tun, seid ihr verrückt.«

Daraufhin knallte sie die Tür zu und löste dabei ein paar Gänseblümchen, die auf die Spitzen meiner Schuhe fielen. Emma sah aus, als wolle sie noch einmal klingeln, aber ich schüttelte den Kopf. »Lass es. Egal was, sie ist heute nicht in der Stimmung zum Reden.«

»Stimmt«, murmelte Zoe. »Lass uns gehen.«

Wir bahnten uns einen Weg über die Gänseblümchen und stiegen wieder in Emmas Auto. Ich seufzte erleichtert, als wir auf die Hauptstraße abbogen und die Landschaft nur noch mit einer normalen Menge an Gänseblümchen bedeckt war.

Als Emma an einem Stoppschild anhielt, bevor sie auf die Straße einbog, die uns zurück in die Innenstadt von Charm Cove führen würde, bemerkte ich: »Nun, ich hatte Sorge, dass unser Auto so schnell mit Gänseblümchen bedeckt werden würde, dass wir mit ihnen ringen müssten. Ich weiß nicht mal, was ich denken soll.«

Emma seufzte. »Nicht dass ich möchte, dass ein Good beschuldigt wird, aber ich kann nicht gerade behaupten, dass das kein verdächtiges Verhalten ihrerseits war.«

»Vielleicht, aber was wollen wir dagegen tun?«, fragte Zoe. »Ich meine, die Gänseblümchen könnten dort schlimmer sein, weil jemand sie ins Visier genommen hat.«

»Guter Punkt. Ich werde heute Abend mit meiner Mutter sprechen«, antwortete Emma. »Sie kennt meine Tante besser als ich. Ich habe meinen Vater neulich Abend gefragt, ob er einen Aufspürzauber machen könnte, und er hat gelacht.«

Emma bezog sich auf ihren Vater Jacob, Liams Onkel und auch ein entfernter Onkel von mir. Jacob hatte die Fähigkeit, Zauber zu spüren. »Warum kann er nichts tun?«

»Weil er sagte, es gibt keine Möglichkeit einzugrenzen, wo der Zauber ursprünglich gewirkt wurde. Mit Gänseblümchen überall jetzt ist es nicht leicht zu erkennen, wo sie ihren Ursprung haben könnten. Er muss die Quelle des Zaubers kennen, um ihn aufzuspüren.«

»Ich werde meine Mutter bitten, Olivia zu besuchen«, fügte ich hinzu. »Vielleicht redet sie nicht, aber du weißt, dass meine Mutter gut darin ist, Geheimnisse zu erspüren. Sie weiß vielleicht nicht, was es ist, aber sie wird definitiv jedes Geheimnis spüren, das Olivia hütet.«

»Das ist doch was«, sagte Emma mit einem festen Nicken. »Warum fahren wir nicht zu Enchanted Spirits? Ich könnte einen Drink und etwas Abendessen gebrauchen.«

»Perfekt, ich schreibe Liam eine Nachricht, wenn wir dort sind, und sage ihm, er soll uns treffen.«

KAPITEL ZWÖLF

»Sie hat euch also die Tür vor der Nase zugeschlagen?«, fragte Nathan und beugte sich vor, um einen Tortilla-Chip aus der Schüssel in der Mitte des Tisches zu schnappen.

»Allerdings«, antwortete ich.

»Glaubst du, sie hat es getan?«, fragte er weiter.

Emma verdrehte die Augen. »Wie sollen wir das wissen? Wir sind dorthin gegangen, um zu sehen, was sie weiß. Sie hat die Tür geöffnet, verkündet, dass sie wusste, dass wir wegen der Gänseblümchen da waren, und dann die Tür vor unseren Gesichtern zugeknallt. Das war alles.«

Wie geplant hatten wir uns in Enchanted Spirits niedergelassen. Zu unserer Gruppe gehörten Emma und ich, zusammen mit Liam und Jackson, Zoe, Daniel und Nathan. Nathan hatte gerade einen Flirtversuch unserer Kellnerin abgewehrt und schien davon amüsiert zu sein. Liam war erst ein paar Minuten zuvor eingetroffen.

Liams Arm glitt über meine Schultern, und er beugte sich zu mir herunter und flüsterte: »Wie war sonst dein Tag?«

Als ich aufblickte, machte mein Bauch einen kleinen Salto wegen der subtilen Hitze in seinem Blick. Zum ungefähr tausendsten Mal dankte ich meinem Glücksstern, dass ich Liam nicht nur mochte, sondern richtig und völlig in diesen Mann verliebt war. Er hatte die einzigartige Fähigkeit, meine Nerven zum Glühen zu bringen.

Das war alles ziemlich praktisch, wenn man bedenkt, dass es mein Schicksal war, ihn zu heiraten. Der jahrhundertealte Zauber hatte bei uns seine Wirkung getan. In letzter Zeit hatten wir uns eine kleine Verschnaufpause von unseren beiden Familien verschafft, die uns wegen unserer Hochzeit bedrängt hatten, nachdem wir uns verlobt und unseren Plan angekündigt hatten, am selben Ort zu heiraten, an dem die allererste Wicked-und-Good-Hochzeit vor langer Zeit stattgefunden hatte.

Alles, was wir noch tun mussten, war tatsächlich zu heiraten. Das würden wir, das würden wir ganz bestimmt. Wie dem auch sei, im Moment waren wir von Freunden umgeben, die Antworten zu den Gänseblümchen wollten.

Ich hielt Liams Blick stand und lächelte. »Es war ein gewöhnlicher Tag. Wie immer verrückt viel los im Laden, weil es im Moment immer so ist, und dann sind wir zu Olivias Haus gefahren.«

»Also gut, ihr Turteltäubchen«, sagte Nathan von der anderen Seite des Tisches, »was ist das für ein Seitengespräch?«

Liam lachte und nahm einen Schluck von seinem Bier, während er zu Nathan schaute. »Ich bin gerade erst vor ein paar Minuten angekommen, also habe ich sie gefragt, wie ihr Tag war. Gibt es noch etwas anderes, was ich dir berichten soll?«

Nathan grinste. »Nee, aber danke für die Info.«

Ich mischte mich ein und kam auf seine frühere Frage zurück. »Wenn Olivia etwas damit zu tun hat, war sie heute jedenfalls nicht bereit, darüber zu reden. Ich habe vor, mit Mama zu sprechen und sie zu bitten, sie zu besuchen. Denn wenn Olivia Geheimnisse hütet, könnte Mama sie vielleicht spüren.« Eine der besonderen Fähigkeiten meiner Mutter war es, zu spüren, wenn jemand etwas verbarg. Sie konnte es nur bedingt genau bestimmen, aber manchmal war es praktisch.

Emma fügte hinzu: »Ich werde von meinen Eltern etwas mehr Hintergrundinfos bekommen. Die Blumenkraft zieht sich durch unsere Familie, aber das geht über alles hinaus, was ich jemals irgendwo in unserer Geschichte gehört habe.«

Daniel schüttelte langsam den Kopf. »Ich muss sagen, ich würde eigentlich nicht die Verantwortung dafür übernehmen wollen, das hier zu lösen.«

Zoe kicherte und stieß ihn mit dem Ellbogen in die Seite. »Du scheinst es zu genießen, allen anderen beim Gestresst-Sein zuzusehen.«

»Genau«, sagte Daniel mit einem Augenzwinkern. »Versteh mich nicht falsch, die Gänseblümchen sind irgendwie ein Schmerz im Hintern. Aber bisher wurde niemand verletzt. Das Einzige, was ich untersuchen musste, waren ein paar Blechschäden. Jetzt, wo wir die Schneepflüge mit Kehrmaschinen nachgerüstet haben, sind die Hauptstraßen viel besser befahrbar.«

»Bilde ich mir das nur ein, oder haben die Gänseblümchen ein bisschen nachgelassen?«, fragte Zoe. »Moira und ich haben das bemerkt.«

»Genau wie ich heute Morgen schon sagte, ich glaube auch. Liam hat es auch bemerkt«, sagte ich und stieß ihn mit meinem Ellbogen an. Er nickte pflichtbewusst. »Es scheint, als würden sie nicht mehr ganz so stark vom Himmel regnen. Die auf dem Boden wachsen immer noch wie verrückt, aber das ist wenigstens irgendwie normal.«

»Ihr wisst, dass die Dinge schlimm stehen, wenn wir denken, dass es einen *geringeren* Gänseblümchen-Regen gibt und das normaler ist«, meinte Nathan todernst.

Unsere Kellnerin brachte unser Essen, was uns effektiv davon abhielt, weiter über die Gänseblümchen zu grübeln. Die Unterhaltung ging weiter, während wir uns über das Essen hermachten. Nachdem wir gegangen waren und Liam und ich die Straße entlang zu unseren Autos liefen, hörte ich jemanden unsere Namen rufen.

»Liam! Moira!«

Wir hielten gemeinsam inne und schauten uns um. Ich sah Opal, Liams Tante, die Straße heraufkommen. Es sah aus, als käme sie gerade aus Beauty Bewitched, dem kleinen Laden, den sie führte. Der Laden verkaufte eine breite Palette an Schönheitsprodukten. Sie hatten alle Arten von speziellen Mischungen, und alles enthielt einen Hauch Magie. Sie betrieben auch einen regen Online-Handel mit einigen ihrer Hautcremes, bei denen die Leute schworen, dass sie wahre Wunder für ihre Haut bewirkten.

Wir trafen Opal auf halbem Weg auf dem Bürgersteig. Ihre blauen

Augen leuchteten unter den Straßenlaternen. Ihr Haar war wie üblich streng zurückgezogen. Sie trug praktisch eine Uniform aus schwarzer Hose und weißer Bluse, und heute Abend war keine Ausnahme.

»Ich hatte gehofft, euch beide zu erwischen. Ich plane, unsere Flugtickets für eure Hochzeit zu buchen, und wollte das Datum bestätigen.«

»Es ist der 17. August«, antwortete ich. »Kommt sonst noch jemand aus Ihrer Familie?«

Opal blickte auf, ihre Augen weit aufgerissen und ihr Gesichtsausdruck beleidigt. »Natürlich! Wir sind *Goods*. So viele von uns, wie kommen können, werden da sein. Genau wie Ihre Familie. Ich bin sicher, es wird etwas kleiner sein, als wenn Sie hier heiraten würden«, sagte sie ziemlich spitz. »Gibt es irgendetwas, womit ich bei der Planung helfen kann?«

»Jetzt, wo Sie es erwähnen, etwas Hilfe bei der Organisation von Hotelreservierungen und so weiter wäre wunderbar«, schlug ich vor.

Opal hellte auf und schaute von mir zu Liam. »Mit Ihrer Erlaubnis werde ich mich darum kümmern. Machen Sie sich keine Sorgen.« Sie beugte sich vor, um uns jeweils einen Kuss auf die Wange zu geben, bevor sie sich umdrehte und davoneilte. Ihr »Gute Nacht« wehte über ihre Schulter.

Eine kühle Frühlingsbrise fegte vom Ozean her die Straße hinunter, ein Hauch der salzigen Lake kam mit ihr. Ich schaute zu Liam auf, ein Lächeln zupfte an meinen Mundwinkeln. »Ich glaube, wir sollten unsere Familien einfach die Hochzeitsplanung übernehmen lassen.«

Er grinste und beugte sich herunter, um mir einen Kuss auf die Wange zu drücken. »Einverstanden. Komm, lass uns nach Hause gehen. Ich würde gerne einen Spaziergang am Strand machen, bevor wir ins Bett gehen.«

Liam folgte mir nach Hause, und wir wurden von Ghost begrüßt, der auf meine Schulter sprang, als wir ins Kutscherhaus traten. »Hey, Ghost«, sagte ich, während ich mich hinunterbeugte, um ihm zur Begrüßung mit den Knöcheln unters Kinn zu reiben. Ghost wedelte mit dem Schwanz auf dem Holzboden und stieß ein leises Schnurren aus, bevor er zum Fensterbrett hinübersprang, wo ich seine Futterschüssel aufbewahrte.

Nachdem ich ihn gefüttert hatte, gingen Liam und ich zum Strand hinunter. Die Tage wurden nach und nach länger. Es war später Abend, und die Dämmerung hatte den Tag noch nicht völlig eingeholt. Da die Sonne im Westen gegenüber dem Atlantik unterging, schimmerte das Wasser unter den verbleibenden Farben des Himmels, der im Hintergrund in Lila und Rosa getaucht war.

Liams Hand war warm um meine. Vor Jahren, als wir in der Highschool anfingen, miteinander auszugehen, pflegten wir gemeinsam am Strand spazieren zu gehen. Nicht so spät, wohlgemerkt. Wir hatten beide ziemlich strenge Eltern. Ich liebte den Ozean, und es erinnerte mich immer an eine frühere, unschuldigere Zeit.

Als ich hinausschaute, beobachtete ich, wie die niedrigen Wellen an die Küste schlugen, Gänseblümchen, die mit jeder Ebbe und Flut heranrollten. Ich blickte zu Liam auf und studierte sein Profil. Manchmal dachte ich, er sei zu gut aussehend mit seinem kohlschwarzen Haar, blauen Augen und seinen gemeißelten Gesichtszügen. Wenn wir Kinder hätten, hoffte ich, dass sie nach ihm kommen würden.

Er hielt inne, als ob er spürte, dass mein Blick auf ihm ruhte, und schaute nach unten. »Was?«

»Du bist zu gut aussehend, weißt du.«

Er betrachtete mich einen langen Moment, während in der Ferne eine Möwe rief und eine Bö der Meeresbrise über meine Haut wehte. Mit einem kleinen Lachen beugte er sich herunter und drückte seine Lippen auf meine. Als er sich zurückzog, breitete sich ein Lächeln auf seinem Gesicht aus. »Das weiß ich nicht, aber ich weiß, dass du wunderschön bist.«

Ich verdrehte die Augen und stieß ihn mit meinem Ellbogen an, drehte mich um und ging wieder in Richtung unseres Hauses. »Schmeichelei *könnte* dich weiterbringen. Lass uns gehen.«

KAPITEL DREIZEHN

Einige Tage vergingen ohne neue Entwicklungen an der Gänseblümchen-Front. Die Gänseblümchen schienen tatsächlich bei ihrem Regen vom Himmel nachzulassen, obwohl sie immer noch mit ihrem wilden Wachstum außer Kontrolle gerieten. Sie verhielten sich wie Ranken, die alles überwucherten. Allerdings hatte der Regen ausreichend nachgelassen, sodass es sogar einen Nachrichtenbericht darüber gab, der diskutierte, ob das Spektakel enden würde. Die Menschen hatten sich irgendwie an die ganze Sache gewöhnt.

Einige übernatürliche Ermittler waren ebenfalls in Charm Cove aufgetaucht. Für echte Hexen und Zauberer waren übernatürliche Ermittler etwas amüsant und normalerweise ungefährlich. Nur sehr wenige von ihnen hatten tatsächliche Kenntnis von der Existenz übernatürlicher Kräfte. Sie neigten dazu, ziemlich alberne Dinge zu tun bei ihren Versuchen, übernatürliche Phänomene zu *beweisen*. Obwohl ich ihnen zugute halten sollte, dass sie überhaupt an etwas glaubten.

Das Übernatürliche existierte absolut. Überall.

Es war für die meisten Menschen ziemlich erschreckend, wenn sie zufällig darauf stießen und es erkannten. Das Timing des Auftauchens der Ermittler in Charm Cove war beunruhigend. Unser kleines Städtchen hatte schon früher übernatürliche Ermittler gesehen, aber nicht, wenn es eine bedeutende Situation wie diese gab. Die Gänseblümchen waren ein übernatürliches Phänomen von großer Macht, und diejenigen von uns, die wahre Kräfte besaßen, wussten das verdammt gut.

Was die Bemühungen zur Lösung des Gänseblümchen-*Problems* betraf, in Ermangelung einer besseren Beschreibung, hatte meine Mutter einen Besuch bei Olivia Good geplant. Sie hoffte, dass ihre Wahrnehmungsfähigkeit ihr helfen würde, herauszufinden, ob Olivia etwas verbarg. An diesem Abend, nach dem Besuch meiner Mutter, gingen wir zum Abendessen ins Haus meiner Eltern. Wir hatten es so geplant, weil einer meiner Brüder, Nathaniel, für einen Besuch am Wochenende zu Hause war.

Liam und ich gingen vom Kutschenhaus aus los. Da der Schnee verschwunden war, war der Pfad durch die Bäume frei, obwohl wir uns durch zahlreiche Gänseblümchen kämpfen mussten. Zwischen dem Kutschenhaus und dem Wohnort meiner Eltern lag ein Wäldchen. Mein ältester Bruder, Gabriel, wohnte im alten Hausmeisterhäuschen auf dem Grundstück, das an ein Stück Land grenzte, das ihm gehörte.

Mit Liams warmer Hand in meiner und einer frischen Frühlingsbrise, die mich kühlte, traten wir durch die Bäume, wo sie sich öffneten. Die felsige Küste von Maine war aus gutem Grund auf vielen Postkarten zu sehen. Sie war wirklich wunderschön. Die Klippe hinter dem Haus meiner Eltern fiel ab und bot einen Blick auf die Wellen, die ans Ufer rollten und gegen den felsigen Strand krachten.

Das Haus war ein quadratisches Kolonialhaus mit salbeigrüner Verkleidung und einem leuchtend roten Dach, das es aus der Ferne hervorstechen ließ. Es war nicht nötig zu klopfen, also ließen wir uns durch die Haupthalle hinein. Eine Treppe auf einer Seite führte nach oben zu einem Flur mit Schlafzimmern auf beiden Seiten und einem alten Kinderzimmer, das in ein Arbeitszimmer umgewandelt worden war.

Jenseits der Eingangshalle führte unten ein Flur zu einer Küche, einem gemütlichen Aufenthaltsraum, einem Badezimmer und einem Waschraum auf der einen Seite, mit einem formellen Salon, einem kleineren Wohnzimmer und einem formellen Esszimmer auf der anderen. Wir folgten den Stimmen in die Küche, wo wir gewöhnlich zu Abend aßen.

Als wir durch den gewölbten Eingang traten, der in die Küche führte, fanden wir meine Mutter beschäftigt an der großen Kücheninsel. Die Kücheninsel war gefliest, mit einer Spüle und dem Herd in der Mitte auf der einen Seite und Hockern zum Sitzen auf der anderen. Gegenüber davon verlief entlang der Rückwand eine weitere Arbeitsplatte mit einer großen Schieferspüle in der Mitte und Fenstern, die einen Blick auf den Seitenrasen und die Bäume boten. Die Spüle wurde von einem großen Kühlschrank auf der einen Seite und einem alten Holzofen mit einem modernen Backofen auf der anderen Seite flankiert.

Meine Mutter schwor auf den Holzofen zum Backen, also behielt sie ihn, obwohl er ziemlich unnötig war und sie ihn nur gelegentlich benutzte. Sie blickte von dem auf, was auch immer sie gerade hackte. Ihr mit Silber durchzogenes schwarzes Haar war zu einem Knoten hochgesteckt, und sie trug eine Schürze über ihrer Bluse und ihrem Rock. »Hallo, Moira, Liebes«, rief sie, warf mir eine Kusshand zu und hackte weiter, während sie sich umdrehte und auf etwas antwortete, das Lea sagte.

Celia und Delia spielten Karten an einem Tisch in der Ecke und riefen Grüße, und ich winkte zurück.

»Hey, hey, Moira«, rief mein Bruder Nathaniel von dem großen runden Tisch an den Fenstern hinten. Er stand auf und schritt durch die Küche, um mich zu begrüßen.

Ich stellte meine Handtasche auf die Arbeitsplatte und trat in seine Umarmung. »Hey, Nathaniel!«

Nathaniel teilte die gleiche Färbung wie mein Vater und meine anderen Brüder – schwarzes Haar und grüne Augen. Er hatte die schärferen Gesichtszüge meiner Mutter und war groß und schlaksig.

Er grinste, als er zurücktrat und meine Schultern drückte, bevor er sich zu Liam wandte. »Hey, Mann«, sagte er und zog Liam in eine Umarmung mit Rückenklopfen. »Wie läuft's?«

»Viel zu tun, aber gut«, antwortete Liam mit einem Lächeln.

Lea ging vorbei. »Das Abendessen ist fast fertig. Deine Mutter macht gerade das Gemüse für den Dip fertig«, sagte sie, als sie mit einem Korb frisch gebackenem Brot und einem Krug voll Wasser vorbeiging.

»Brauchst du Hilfe?«, fragte ich und blickte zu meiner Mutter, während Liam sich weiter mit Nathaniel unterhielt.

»Oh nein«, rief meine Mutter, »wir haben alles im Griff. Setz dich. Ich komme gleich rüber.«

Innerhalb weniger Minuten saßen wir alle. Neben meinen beiden Eltern hatten sich auch Lea, Jacob, die Zwillinge, Nathaniel und Gabriel zu uns gesellt. Wir füllten den Tisch so weit, dass die Zwillinge in eine Ecke gedrängt wurden, was ihnen aber, wie sie erklärten, nichts ausmachte.

Nachdem alle bedient worden waren und wir gut ins Abendessen vertieft waren, bemerkte Nathaniel: »Die Gänseblümchen sind völlig außer Kontrolle.«

Gabriel schnaubte. »Meinst du?«

»Ich habe die Berichte in den Nachrichten gesehen, aber ich musste diese Reise machen, um es selbst zu sehen«, fügte Nathanial mit einem langsamen Kopfschütteln hinzu.

Meine Mutter mischte sich ein: »Du willst also sagen, du bist nicht nur hier, um uns zu besuchen?« Ihre Augen funkelten, als sie an ihrem Wein nippte und zwinkerte, als Nathaniel in ihre Richtung blickte.

»Natürlich bin ich hier, um zu Besuch zu kommen, aber ich wollte definitiv das ›Gänseblümchen-Weltwunder‹ sehen«, sagte er und benutzte Anführungszeichen in der Luft zur Betonung. »Irgendeine Idee, was los ist?«

Ich blickte zu meiner Mutter. »Konntest du heute Olivia besuchen?«

»Absolut, und ich habe ein Update. Ich dachte, ich würde warten, bis wir alle zusammen sind.«

»Du hast die ganze Zeit gewartet«, sagte Delia mit weit aufgerissenen blauen Augen.

Meine Mutter lachte. »Nun, Gabriel, Lea und ich haben gerade darüber gesprochen, aber ja, ihr zwei bekommt nicht sofort alle Neuigkeiten.«

»Komm zur Sache, Mama«, sagte ich und kreiste mit der Hand in der Luft.

»Es ist kurz, aber süß. Ich besuchte Olivia, und sie öffnete tatsächlich die Tür, gerade lange genug, damit ich meinen Zauber wirken konnte. Sie hat definitiv ein Geheimnis, und es hat sowohl etwas mit den Gänseblümchen zu tun als auch mit den Nachbarn auf der nächsten Straße, Nadine und Jerome Warren. Das war mehr, als ich erwartet hatte zu bekommen, bevor sie mir die Tür vor der Nase zuschlug, also fühle ich mich glücklich. Ich habe sicherlich nicht alle Details, aber meine Vermutung ist, dass es eine Art Konflikt zwischen den beiden gibt und das dieses ganze Durcheinander verursacht. Ich habe deine Mutter angerufen, Liam«, sagte sie und hielt inne, um in Liams Richtung zu nicken. »Kurz gesagt, sie erwähnte, dass sie auf weitere Informationen über diesen Vorfall gestoßen ist, der vor etwa dreihundert Jahren in Schottland dokumentiert wurde.

»In diesem Fall deuteten die zusätzlichen Aufzeichnungen, die sie fand, darauf hin, dass es hauptsächlich unkontrolliertes Wachstum war, obwohl es auch einige Gänseblümchen-Schauer gab. Eine andere Sache ist, dass ich ziemlich sicher bin, dass wir Isobel Martin ausschließen können. Ich traf sie zufällig, als ich im Charm Café zu Mittag aß. Sie erzählte mir geradeheraus, sie habe gehört, dass jemand sie als Verdächtige erwähnte, weil ihre Urgroßmutter so mächtig mit Blumen gewesen war. Sie war entsetzt und verlegen. Da sie gut fünfzehn Minuten mit mir sprach, hätte ich gespürt, wenn sie etwas verbergen würde. Das tat sie definitiv nicht. Obwohl sie zugab, dass sie immer danach gestrebt hatte, besser mit ihrer Blumenkraft zu werden.« Meine Mutter lächelte sanft und zuckte mit den Schultern.

»Ich dachte wirklich nicht, dass sie etwas damit zu tun haben könnte. Sie ist nicht schlau genug oder mächtig genug. Mein einziger Verdacht war, dass bei ihr irgendein Zauber schief gelaufen sein könnte. Irgendwelche Vorschläge für die nächsten Schritte?«, fragte ich.

Als der gesamte Tisch eine Variation des Achselzuckens gab, beendete ich einen Schluck meines Weins und schaute herum. »Ich könnte mich immer in das Haus der Nachbarn transportieren, um zu sehen, was wir herausfinden. Ich kann mir keinen guten Grund vorstellen, warum wir zufällig an deren Haus auftauchen sollten, also wenn ich mich hintransportiere...«

Meine Worte verstummten, als Liam meinen Blick auffing und

scharf den Kopf schüttelte. »Es gibt andere Möglichkeiten. Wir brauchen nicht, dass du dich in Gefahr bringst.«

»Hey, ich hatte bisher keine Probleme«, protestierte ich.

»Ja, und es war reines Glück, dass es jedes Mal gut gegangen ist«, mischte sich meine Mutter ein.

Gabriel meldete sich zu Wort. »Ich sage, Liam und ich gehen zu den Warrens. Wenn die etwas im Schilde führen, kann ich immer versuchen, den Zauber einzufangen. Was auch immer passiert, es ist an diesem Punkt kontinuierlich, weil die Gänseblümchen immer noch wie verrückt wachsen und immer noch vom Himmel fallen. Sie haben nachgelassen, aber sie haben nicht aufgehört.«

Alle nickten zustimmend, was mich ärgerte. »Warum ist das nicht gefährlich?«

Gabriel sah zu mir herüber und hob eine Augenbraue. »Weil ich nicht hineinschleichen muss. Das ist das Gefährliche. Wenn sie genug Macht haben, um Blumen und das Wetter zu beeinflussen, wer weiß, was sie sonst noch tun können? Wie wäre es, wenn du mit uns kommst? Deine Kraft ist verdammt praktisch. Wenn wir dich brauchen, um dich hinein zu transportieren, kannst du das, aber Liam und ich werden dort sein.«

Ich schaute von meinem Bruder zu Liam. »Was wird Liam tun?«

»Er kann Dinge in ihren ursprünglichen Zustand zurückversetzen. Wenn der Zauber um die Gänseblümchen dort seinen Ursprung hat, dann wird er helfen können, sobald wir das geklärt haben«, erklärte Gabriel.

Ich schaute zwischen Liam und meinem Bruder hin und her, bevor ich mit den Schultern zuckte. »In Ordnung, das ist ein guter Plan.«

Mein Vater lachte vom anderen Ende des Tisches. »Es ist viel sicherer, als wenn du dich hineintransportierst und jemanden überraschst. Das ist ein Backup, falls sie Hilfe brauchen.«

»Wann wird das passieren, und können wir helfen?«, piepste Celia.

Es gab einen kollektiven Chor von Neins als Antwort darauf. Celia rümpfte die Nase und zuckte mit den Schultern. »Schon gut, obwohl wir großartig darin waren, den Kerl zu fangen, der letzten Herbst das ganze Zeug gestohlen hat.«

»Das habt ihr absolut«, sagte Lea mit einem Grinsen. »Aber ihr seid zu jung.«

»Wir lernen so viel von Tom«, fügte Delia hinzu.

Nach einem weiteren Versuch, bei dem sie sich in ein magisches Problem in Charm Cove eingemischt hatten, hatte Tom Lewis, ein alter Hexenmeister, angeboten, ihnen zu helfen, ihre Kräfte zu verfeinern. Es war gut, Toms Hilfe zu haben, denn beide Großmütter, die normalerweise beim Unterrichten von Magie halfen, waren verstorben.

Ich warf den Zwillingen ein Grinsen zu. »Ihr werdet im Laden genug zu tun haben, und ihr müsst euch da raushalten.«

Nathaniel blickte zwischen uns hin und her. »Nun, das dürfte Spaß machen. Stellt sicher, dass ihr es dieses Wochenende macht, damit ich die ganze Geschichte hören kann. Ich würde Hilfe anbieten, weil ich auch Zauber einfangen kann, aber um ehrlich zu sein, bin ich etwas eingerostet, weil ich nicht zu Hause war. Ich denke nicht, dass jetzt der Zeitpunkt ist, meine Zauberkünste aufzupolieren.«

»Wenn wir gerade von zu Hause sprechen«, mischte sich meine Mutter ein, »ziehst du bald zurück?«

Nathaniel zeigte ein Grinsen. »Natürlich, Mama. Ich habe bereits mit Gabriel darüber gesprochen. Ich plane, ihm bei Mystic Maple zu helfen.«

Meine Mutter schenkte ihm ein tränenreiches Lächeln, stand auf, um den Tisch zu umrunden und ihn zu umarmen, was den Fokus von den Gänseblümchen effektiv beendete. Als wir etwas später gingen, rief mein Bruder Gabriel den Flur hinunter: »Morgen Nachmittag treffe ich euch beide am Kutschenhaus, und wir gehen von dort aus los.«

KAPITEL VIERZEHN

Am nächsten Morgen, mit einem frischen Kaffee von Magic Beans in der Hand und einem warmen Scone in einer kleinen Tüte zum Mitnehmen, überquerte ich den Stadtplatz zu Persnickety Potions & Gifts. Ein einzelnes Gänseblümchen fiel vom Himmel, und ich beobachtete, wie es träge zu Boden schwebte. Es sah definitiv so aus, als würden die Gänseblümchen weniger werden. Ich fragte mich nur, ob das so bleiben würde und ob dieser ganze Schlamassel von selbst ein Ende finden würde.

»Moira!«

Ich blickte über meine Schulter und sah Beatrice. Sie hatte sich von ihrer Power-Walking-Gruppe gelöst und eilte in ihrer leuchtend violetten Windjacke und schicken schwarzen Leggings auf mich zu. Obwohl es Frühling war, waren die Morgen immer noch kühl. Sie kam schlitternd vor mir zum Stehen, während ich auf dem freigeräumten Weg durch die Gänseblümchen auf sie wartete.

»Guten Morgen, Beatrice.«

»Hallo, Liebes. Ich wollte mit dir sprechen«, sagte sie schnell.

»Was gibt's?«

»Nun, ich bin gestern deiner Mutter über den Weg gelaufen, und sie hat mich über das Geheimnis informiert, das sie bei Olivia gespürt hat. Das hat meine Erinnerung aufgefrischt, also bin ich nach Hause gegangen und habe in einigen alten Zeitungen gewühlt, die staubig und in unserem Dachboden vergraben waren, aber ich könnte etwas gefunden haben.«

»Oh?«

»Olivia und Nadine Warren waren in der Highschool befreundet. Sie waren etwas jünger als ich, also war ich nicht mit ihnen befreundet, aber ich erinnerte mich, dass es einen kleinen Streit zwischen ihnen wegen des Grundstücks gab, als Nadine und Jerome heirateten. Es war ein Streit über die Grundstücksgrenze. Nadine versuchte, eine einstweilige Verfügung zu erwirken, die abgelehnt wurde. Außerdem dachten Olivias Eltern vor dem Zerwürfnis, dass Nadine keinen guten Einfluss auf sie hatte. Obwohl sie eine Hexe ist, ist ihre Familie... Nun, Olivias Eltern stammten aus einem Zweig der Good-Familie, der ein wenig hochnäsig war. Obwohl die Wickeds und die Goods − zumindest die, die dem Machtzentrum nahe stehen wie deine − nie hochnäsig waren, gibt es ein paar Zweige, die es sind. Olivias Eltern waren es, und sie haben ihre Freundschaft mit Nadine nicht gefördert. Ich vermute, das hat ihre Gefühle verletzt, und dann gab es noch das Problem mit der Grundstücksgrenze.«

»Und sie leben immer noch nebeneinander?«

Beatrices Augen funkelten. »Allerdings. Es ist nicht offensichtlich, weil die Adressen an verschiedenen Straßen liegen, aber die Grundstücke grenzen hinten aneinander.«

»Oh«, sagte ich.

Beatrice hob eine Augenbraue und nickte langsam. »Oh ist genau richtig.« Mit zusammengekniffenen Augen umspielte ein verschmitztes Lächeln ihre Lippen. »Ich überlasse es dir und dem Rest von euch Jungen, herauszufinden, wie ihr dieses kleine Problem lösen könnt. In der Zwischenzeit habe ich beschlossen, dass ich für deine Hochzeit nach Schottland fliege. Du gehörst zu meinen Lieblingen, also kann ich das nicht verpassen. Die Party hier wird nicht genug sein.«

»Das ist eine lange Reise, Beatrice. Es bedeutet mir viel, dass du dabei sein möchtest, aber ich möchte nicht, dass du dich verpflichtet fühlst.« Ich war etwas gerührt. Beatrice war normalerweise ganz geschäftsmäßig. Es bedeutete mir viel zu erkennen, dass ich ihr etwas bedeutete.

Sie lachte. »Ich bin kerngesund. Tatsächlich bin ich durch all mein Gehen wahrscheinlich gesünder als viele Menschen, die jünger sind als ich. Ich möchte dabei sein. Ich wollte auch schon immer nach Schottland, und jetzt hast du mir einen Vorwand gegeben.« Sie beugte sich vor, drückte meine Schulter und trat dann zurück. »Ich muss weitergehen. Du kümmerst dich um das, was ich herausgefunden habe«, sagte sie mit einem Wackeln ihres Fingers, bevor sie sich umdrehte und davonsauste, ihre Geschwindigkeit schnell wieder aufnahm, als sie sich von mir entfernte.

Ich stieg über die Gänseblümchen, überquerte den Rest des Platzes und betrat den Laden, während ich über das nachdachte, was Beatrice herausgefunden hatte. Später am Nachmittag, nachdem die Zwillinge nach der Schule zur Unterstützung im Laden eingetroffen waren, hörte mein Handy nicht auf zu summen. Mein privates Handy bekam während der Arbeitszeit nur sehr selten Textnachrichten oder Anrufe. Meine Familie und Freunde wussten, dass ich im Laden beschäftigt war, und ließen mich größtenteils in Ruhe.

Als es erneut auf der Theke summte, drehte ich mich zu Delia um, die mit mir hinter der Kasse stand und ein Geschenk für einen Kunden einpackte. »Ich gehe kurz nach hinten. Ich muss sehen, wer versucht, mich zu erreichen.«

Sie gab mir einen Daumen hoch und ein breites Lächeln, während sie eine Schleife um das Geschenk band. Ich schnappte mir mein Handy von der Theke und drängte mich durch den Perlenvorhang in den hinteren Bereich unseres Ladens.

Charm Cove war mit einem Teppich aus Weiß und Rosa mit Einsprengseln von Lila dazwischen geschmückt. Ich vermutete, wir konnten uns glücklich schätzen, dass die weißen Gänseblümchen häufiger waren, sonst wäre die Stadt so leuchtend pink und lila, dass es blendend wäre. Abgesehen von denen, die zertrampelt wurden, starb keines der Gänseblümchen - sie waren lebendig und vital, ihre Blütenblätter verwelkten nie.

Als solches galt Charm Cove immer noch offiziell als das Gänseblümchen-Weltwunder. Eher Hoppla Gänseblümchen, wenn du mich fragst.

Ich ließ mich auf einen Hocker neben dem Arbeitstisch im hinteren Bereich sinken und seufzte in der Stille. Das Summen der Kunden vorn war jetzt weit entfernt. Ich holte mein Handy aus der Tasche und sah auf dem Bildschirm eine Reihe von Textnachrichten von meiner Mutter, Lea, Liam und Gabriel.

Zusammengefasst hatte Lea nach dem Anruf von Beatrice an meine Mutter über das, was sie erfahren hatte, beim Mittagessen im Charm Café zusätzlich erfahren, dass es im letzten Monat einen Genehmigungsstreit zwischen Olivia und den Warrens gegeben hatte.

Nachdem man mich gestern Abend davon abgebracht hatte, irgendwo hinzutransportieren, bestand der neue zusammengebastelte Plan darin, dass ich mit Liam und Gabriel dorthin fahren und versuchen sollte, Nadine abzulenken. Gabriel und Liam würden versuchen, mit dem Ehemann zu sprechen.

Ich war noch nie so oft spontan bei Leuten aufgetaucht. Aber die Dinge wurden ein bisschen dramatisch, was die Nachrichten über Charm Cove betraf. Ein weiteres Paar übernatürlicher Ermittler war in der Stadt und wollte hier eine Live-Show machen. Damit wollten wir absolut nichts zu tun haben. Obwohl Lea und Penelope sich freiwillig gemeldet hatten, um ein Interview anzubieten und die absurdesten Informationen zu liefern, die ihnen einfielen, um die wohlmeinenden Ermittler auf eine falsche Fährte zu locken, war ihre Neugier einfach unersättlich.

Hexen und Hexer machten sich nicht viele Sorgen über übernatür-liche Ermittler, vor allem weil die Dinge, die sie bei ihrer »Wahrheits-suche« taten, oft lächerlich waren. Außerdem brauchten sie Macht, um Macht zu spüren. Aber genau jetzt gab es bereits zu viel Aufmerksam-keit auf Charm Cove und die Gänseblümchen. Wir brauchten nicht noch mehr von neugierigen Ermittlern.

So machte ich mich auf zu einem weiteren unangekündigten Besuch. Meine Mutter hatte eine Geschichte über eine Trank-Liefe-rung an einen anderen Nachbarn erfunden, bei der wir versehentlich die falsche Adresse bekommen hatten. Gelegentlich fertigte Persni-ckety Potions & Gifts Sonderbestellungen von Tränken an und lieferte sie aus. Dieser Service wird seit Jahrhunderten angeboten. Heutzutage hatten wir sehr wenige Aufträge dafür, und wir machten keine Werbung dafür. Wir hatten jedoch immer noch ein paar treue Kunden, die Sonderbestellungen aufgaben.

Obwohl ich nicht so sicher war, ob die Geschichte meiner Mutter funktionieren würde, war ich bereit, mitzuspielen, da mir nichts Besseres einfiel. Nachdem ich alle Nachrichten durchgesehen hatte, drückte ich auf Allen antworten. *Verstanden. Wer holt mich ab?*

Liams Antwort kam sofort. *Bin in 30 Minuten da.*

Als ich wieder nach vorne ging, hatte ich in der verbleibenden halben Stunde kaum eine Minute Zeit für eine Pause und war erleichtert, als ich Lea durch die Haupttür kommen sah, wobei die Glocke ihre Ankunft ankündigte. Mit ihr kam ein Hauch frischer Frühlingsluft herein. Sie trug einen leichten Umhang in leuchtendem Rot, ihrer Lieblingsfarbe. Nachdem sie ihre Füße auf der Matte an der Tür abgestreift hatte, hielt sie inne, um einem Kunden zu helfen, der unsere dekorativen Zauberstäbe in der Vitrine in der Nähe des Eingangs betrachtete.

»Diese sind nur zur Schau«, sagte sie als Antwort auf etwas, das der Kunde sagte.

»Aber ich habe gehört, dass die Zauberstäbe hier echte Magie haben. Jemand hat es in den Nachrichten erwähnt«, sagte die Frau und strich sich eine lose Locke von der Stirn, als sie zu Lea aufblickte.

Lea schüttelte den Kopf, ein warmes Lächeln auf dem Gesicht. »Tsk, tsk. Oh je. Diese Geschichten in den Nachrichten erzählen den größten Unsinn, nur wegen dieses seltsamen Naturphänomens. Es gibt keine Magie. Das ist nur ein wildes Gerücht. Vertrau mir, ich bin eine der Eigentümerinnen. Ich wüsste es, wenn wir tatsächlich magische Zauberstäbe verkaufen würden.«

Lea log, dass sich die Balken bogen, aber was soll's. Die Frau wirkte etwas enttäuscht, lächelte aber sanft, als sie den Zauberstab hochhielt. »Er ist so hübsch. Ich denke, ich würde ihn trotzdem gerne haben. Vielleicht gibt es doch Magie, und du bist einfach keine Hexe, deswegen weißt du es nicht.«

Ich musste auf die Innenseite meiner Wange beißen, um nicht zu lachen. Lea war eine der mächtigsten Hexen in Charm Cove. Wenn diese Frau das nur wüsste. Celia kicherte, als sie um den Tresen herumkam und meinen Blick auffing.

Gelegentlich trieben die Zwillinge etwas Unfug, indem sie einige unserer Artikel mit Magie versahen. Nun, ich sollte das klarstellen. Viele der Artikel, die wir verkauften, *waren* magisch. Aber die Zauber waren so subtil, dass sie nicht zu erkennen waren. Es waren alles positive Zauber, die hauptsächlich die Stimmung hoben und für Klarheit sorgten. Nur jemand mit tatsächlichen übernatürlichen Kräften und der Fähigkeit, Magie in Objekten zu spüren, könnte sie erkennen. Es gab sehr wenige Menschen, die das konnten, und innerhalb der Grenzen von Charm Cove kannten wir sie alle.

Ab und zu übertrieben es die Zwillinge ein wenig. Obwohl ich hoffte, dass sie ihre Lektion gelernt hatten, nachdem ein- oder zweimal die Dinge schief gegangen waren. Ich verengte meine Augen auf Celia. Es war nicht nötig, meine Vermutungen auszusprechen, als sie schnell den Kopf schüttelte, ihre Augen weit aufgerissen. »Gut zu wissen«, sagte ich laut.

»Weißt du, ob wir noch mehr von dem *Liebe wird einen Weg finden*-Heilmittel haben?«, fragte sie und hielt neben mir inne, bevor sie nach hinten ging, um nachzusehen.

»Wir haben genug. Ich habe erst letzte Woche einen neuen Satz hergestellt. Es steht im Regal.«

Mit einem Nicken eilte sie nach hinten, um es zu holen. Als ich mich wieder nach vorn wandte, sah ich, dass die Frau, der Lea geholfen hatte, eine Glasvitrine in der Mitte unseres Ladens betrachtete. Die Vitrine beherbergte eine Nachbildung eines wertvollen Familienmedaillons. Im letzten Jahr, als ich nach Charm Cove zurückgekehrt war, war das Original beschädigt worden. Um eine lange Geschichte kurz zu machen: Liam hatte das Medaillon in seinen Originalzustand zurückversetzt. Das war zufällig eine seiner Kräfte.

Obwohl wir uns entschieden hatten, das Original woanders aufzubewahren, war dieses hier immer noch mächtig. Das sollte sicherstellen, dass Hexen oder Hexer mit bösen Absichten nicht vermuteten, dass es mehr als eine Nachbildung war. Oh, was wir alles tun mussten, um die Dinge sicher zu halten. Die Vitrine war von Schutzschichten umgeben.

Ich war neugierig auf die Neugier dieser Frau. Meine Ohren spitzten sich, als ich hinter dem Tresen hervorkam, um zu hören, was sie sagte.

»Ich habe gehört, dass dieses Medaillon selbst sehr mächtig ist. Was kannst du mir darüber erzählen?«, fragte sie. »Wenn es so mächtig ist, warum um alles in der Welt steht es hier mitten in der Stadt?«

Lea ließ sich nicht aus der Ruhe bringen. »Es ist ein Familienerbstück. Es ist seit Jahrhunderten in unserer Familie, schon bevor unsere Vorfahren nach Amerika kamen. Es wird hier ausgestellt, weil wir nicht daran glauben, schöne Dinge zu verstecken. Wenn irgendeine Kraft darin steckt, wissen wir nichts davon. Die Gerüchte, die wir in den Nachrichten gehört haben, sind für uns genauso neu wie für dich. Ist es nicht hübsch?«

Lea traf meinen Blick und zwinkerte mir zu, während sie weiter mit dem Kunden plauderte. Ich ging weiter, da ich nicht verweilen und offensichtlich machen wollte, dass ich zuhörte. Ich kümmerte mich um einen anderen Kunden und kassierte ihn ab, wobei ich auf die Uhr schaute und sah, dass es fast Zeit war, dass Liam ankam. Als hätte sie meine Gedanken gelesen, kam Lea um den Tresen herum. »Ich bin hier, um dich abzulösen. Du musst los.«

»Ich muss fragen, warum ist es plötzlich in Ordnung, dass ich dort bin, um bei Bedarf zu transportieren?«, fragte ich leise.

»Liebes, es wäre praktisch, wenn es ein Problem gäbe. Es ist ein letzter Ausweg. Liam wartet bereits draußen, also los mit dir«, sagte sie und scheuchte mich davon.

Ich eilte nach hinten, schnappte mir meine Handtasche, Jacke und eine Schachtel mit Tränken, die ich für die vorgetäuschte Lieferung mitnehmen wollte. Mit einem Winken stürzte ich nach draußen.

KAPITEL FÜNFZEHN

»Der Plan hat sich heute schnell geändert«, sagte ich, als ich auf dem Beifahrersitz in Liams Auto saß. Mit einem Blick über meine Schulter lächelte ich Gabriel auf der Rückbank an. »Du hast mir also den Vordersitz überlassen, hm?«

Gabriel verdrehte die Augen. »Dein Verlobter hat darauf bestanden. Ich hatte nicht viel Wahl.«

Ich hielt die Schachtel mit Tränken hoch, die ich auf dem Weg aus dem Laden mitgenommen hatte. »Also, zu wem liefern wir das angeblich aus?«

»Tom Lewis hat seinen Hexenmeister-Freund nebenan angerufen, John Williams. Der Mann ist uralt, geht mit einem Stock und fährt nicht mehr selbst. Ich war seit Jahren nicht mehr dort, aber Tom meinte, er würde den Ahnungslosen spielen und so tun, als hätte er uns angerufen, um die Tränke zu bestellen, falls später jemand nachfragt«, erklärte Gabriel.

»Okay, dann lasst uns loslegen. Was denkt ihr, sollte ich Nadine fragen, um sie abzulenken? Und haben wir eine Ahnung, wie schlimm die Gänseblümchen dort sind?«

»Laut deiner Mutter ist das Haus mit Gänseblümchen bedeckt, genau wie bei Olivia. Tom hat gesagt, dass John berichtete, Jerome arbeitet um diese Zeit normalerweise im Garten. Wir werden ihn bitten, uns zu Johns Haus zu begleiten, und du kannst warten und mit ihr plaudern.«

»Siehst du, wir haben alles durchdacht«, mischte sich Gabriel von hinten ein.

Liam gluckste, als er von Charming Way auf die Straße abbog, die aus der Innenstadt führte. »So schwierig war das nicht, Mann.«

»Und was ist der Plan, wenn wir sie dabei erwischen, wie sie einen Zauber wirkt?«

»Ich fange ihn auf. Dieser Teil ist nicht schwer. Es ist die Frage, was wir danach machen, die problematisch ist«, sagte Gabriel.

»Trifft noch jemand anderes uns dort? Denn ich muss sagen, ich glaube nicht, dass wir diese Zauber-Kombinationen alleine brechen können. Das sind ziemlich mächtige Zaubersprüche. Wir werden Hilfe brauchen«, sagte ich.

»Alle anderen sind in Bereitschaft, falls wir sie brauchen«, antwortete Liam.

»Ja, wir können ja kaum in Scharen auftauchen. Das würde sie definitiv aufmerksam machen«, fügte Gabriel hinzu.

Liam bog in die Auffahrt zu ihrem Haus ein und fuhr langsam die lange, kurvenreiche Einfahrt entlang. Je näher wir dem Haus kamen, desto dichter wurden die Gänseblümchen und bildeten ein Dach über uns, das das Licht verdunkelte. Gänseblümchen bedeckten die Bäume wie Ranken und verflochten sich oben miteinander.

»Mein Gott. Das ist schlimmer als bei Olivias Haus«, murmelte ich.

KAPITEL SECHZEHN

Wir stiegen am Ende der Einfahrt aus dem Auto, und ich trug die Schachtel mit Tränken, die in einfaches braunes Papier eingewickelt war. Gabriel rief zu Jerome hinüber, der im Seitengarten arbeitete. Es schien dort einen einzelnen Bereich für die Gartenarbeit zu geben, der nicht vollständig mit Gänseblümchen bedeckt war. Da der Rest des Gartens von Gänseblümchen überwuchert war, konnte ich mir vorstellen, dass er täglich arbeiten musste, um diesen Bereich freizuhalten.

Jerome richtete sich von seiner Arbeit auf und winkte, wodurch es für Liam und Gabriel ein Leichtes war, zu ihm hinüberzulaufen und sich zu unterhalten. Unterdessen lief ich über den Teppich aus Gänseblümchen zur Haustür. Die Tür selbst war mit dicht zusammengewobenen Gänseblümchen bedeckt. Jemand hatte die Blumen vom runden Fenster in der Mitte der Tür entfernt. Als ich klopfte und hindurchschaute, sah ich Nadine durch das Fenster spähen.

Ich hob meine Finger zu einer kleinen Welle und rief durch die Tür: »Hallo, ich habe Ihre Tränkelieferung dabei.« Die Lüge ging mir leicht über die Lippen.

Nadine schwang die Tür auf, ihr Blick verwirrt. »Moira Wicked? Ich habe keine Tränke bestellt.«

»Nicht?«, fragte ich und hielt die Schachtel zur Betonung hoch. »Ist das nicht John Williams' Haus?«, fragte ich.

Ihr Blick klärte sich. »Oh nein, das ist das Haus dort drüben«, erklärte sie und deutete in eine Richtung schräg hinter ihrem Haus. »Die Einfahrt ist weit weg auf der anderen Straße, wegen der Art und Weise, wie das Grundstück an unseres angrenzt.«

»Oh, es tut mir leid, dass ich Sie störe. Können Sie mir sagen, wie ich dorthin komme?«, fragte ich, völlig bereit, mich dumm zu stellen, nach dem Weg zu fragen und so zu tun, als hätte ich keine Ahnung, wo ich war. »Ich komme normalerweise nicht in diesen Teil der Stadt.« Glücklicherweise war das völlig ehrlich, was es mir leichter machte zu lügen. Es war am anderen Ende der Stadt von dort, wo ich aufgewachsen war, und ein paar Straßen weiter, wo ich nicht viel Zeit verbracht hatte. Trotzdem wusste ich genau, wo das Haus nebenan war und wie man dorthin kam.

»Oh klar«, sagte sie, trat auf die Stufen hinaus und schaute sich im Garten um. Sie schirmte ihre Augen ab, um in Richtung zu schauen, wo Liam und Gabriel mit ihrem Mann sprachen.

»Ich muss schon sagen, Sie haben hier wirklich viele Gänseblümchen«, fügte ich beiläufig hinzu, als würde ich lediglich über das Wetter reden.

Nadine nickte, ihr Blick schwenkte zu mir zurück. »Sie sind gerade überall in Charm Cove. Ich glaube nicht, dass wir mehr haben als jeder andere.«

Ich drehte mich um und schaute über den Garten, in der Hoffnung, das Gespräch am Laufen zu halten. Gabriel und Liam unterhielten sich immer noch mit ihrem Mann, der auf ihr mit Gänseblümchen bedecktes Fahrzeug deutete. Genau wie Olivias war ihr Fahrzeug so dicht mit Gänseblümchen bedeckt, dass man hätte denken können, es stünde schon seit Jahren dort. Ich wusste genau, dass sie vor ein paar Tagen bei der Bürgerversammlung waren, weil ich sie dort gesehen hatte. Sie würden eine Metallsäge brauchen, um die Gänseblümchen zu diesem Zeitpunkt loszuwerden.

Ich schirmte meine Augen ab und blickte nach oben, als einige Gänseblümchen vom Himmel fielen. Als ich zu Nadine zurückschaute, schüttelte ich langsam den Kopf. »Es gibt hier definitiv überall Gänseblümchen. Es scheint, als wären sie hier ein wenig wild geworden. Sie waren doch auch bei der Bürgerversammlung neulich, oder? Ich hoffe wirklich, dass sie das alles herausfinden können«, sagte ich und bemühte mich um einen lässigen Ton.

Nadine nickte. »Oh ja. Wir waren auch bei der Versammlung. Es ist alles ein bisschen seltsam. Wir mussten einen Rechen und eine Gartenschere holen, um all die Gänseblümchen neulich vom Auto zu bekommen.«

Vielleicht weil ich unter falschem Vorwand hier war, sorgte ich mich, dass sie das irgendwie bemerken würde. Wenn sie es tat, ließ sie es sich nicht anmerken. Allerdings schweifte ihr Blick immer wieder zu ihrem Mann. Er hatte ein paar Mal zu uns herübergeschaut, während er seinen Ellbogen auf das Ende einer Schaufel stützte und mit Gabriel und Liam plauderte. Ich fragte mich, ob es eine Möglichkeit für mich gab, ins Haus zu gelangen.

»Nun, es hört sich an, als müsste ich ein Stück fahren, um zur richtigen Einfahrt zu kommen. Haben Sie etwas dagegen, wenn ich Ihre Toilette benutze?« Normalerweise fragte ich flüchtige Bekannte nicht, ob ich ihre Toilette benutzen könne, aber ich dachte, das würde mich ins Haus bringen.

Nadine verengte ihre Augen und sah etwas misstrauisch aus. Einen Moment lang dachte ich, sie würde nein sagen. Allerdings schien sie gute Manieren zu haben und nach kurzem Zögern trat sie durch die Tür zurück und deutete mir, ihr ins Haus zu folgen.

Sobald wir drinnen waren, schaute ich mich um, natürlich neugierig. Es war ein kleines Haus im Cape-Stil. Die Treppe in der Mitte des Erdgeschosses, gleich hinter der Haustür, hatte Gänseblümchen, die sich um das Treppengeländer rankten. Das Haus war etwas dunkel, da einige Fenster von außen mit Gänseblümchen bedeckt waren. Sie hatten die Gänseblümchen von einigen Fenstern entfernt, wodurch natürliches Licht an einigen Stellen ins Innere fiel.

»Folgen Sie mir«, sagte Nadine, während sie um die Treppe herumging.

Das Haus schien in der Zeit stehen geblieben zu sein, speziell in den 1970er Jahren. Sie hatten leuchtend grünen Shag-Teppich und passende Möbel. Eine Couch und zwei Sessel standen an der Wand mit einem kleinen hölzernen Couchtisch und passenden Beistelltischen. Die Tapete war verblichenes Gelb mit Punkten überall darauf.

Sie führte mich durch das Wohnzimmer nach hinten, wo wir an einer Bogenöffnung zur Küche vorbeikamen. Sie hielt kurz hinter der Küche in einem kurzen Flur an und deutete auf eine Tür neben der Küche. »Da ist sie. Ich gehe nach draußen und schaue nach meinem Mann.«

Nachdem ich mich bedankt und die Badezimmertür hinter mir geschlossen hatte, hörte ich ihre gedämpften Schritte, als sie sich wieder zum vorderen Teil des Hauses begab. Ich stellte sicher, dass ich genug Zeit verbrachte, damit es so aussah, als wäre ich auf der Toilette gewesen. Sicherheitshalber spülte ich unnötigerweise die Toilette, wobei ich einen Anflug von Schuldgefühl wegen der Wasserverschwendung verspürte, und wusch mir die Hände. Gerade als ich mir die Hände abtrocknete, hörte ich eine andere Stimme, eine weibliche Stimme.

Mit der Hand auf dem Türknauf hielt ich inne und fragte mich, wer sonst noch im Haus angekommen war. Ich musste nicht lange warten, denn als nächstes hörte ich draußen ein Donnergrollen.

Und dann begann das Geschrei.

»Wie kannst du es wagen?!«

Diese Stimme ordnete ich Nadine zu.

»Wie ich es wagen kann?«

»Ja, du bist diejenige, die wegen einer Grundstücksgrenze einen Aufstand gemacht hat.«

»Ach, um Gottes willen. Du bist absolut lächerlich. Ich habe jedes Recht zu verlangen, dass die Vermessung die Grenzen zwischen unseren Grundstücken klärt. Ich kann nicht glauben, wie lächerlich das geworden ist, wegen nichts anderem als einer umstrittenen Grundstücksgrenze. Ich dachte, wir hätten das damals geklärt, als ihr beide geheiratet habt. Parker hat mir versichert, dass er die Unterlagen für diesen Streit damals eingereicht hat und er beigelegt wurde.«

Endlich erkannte ich Olivias Stimme. *Umstrittene Grundstücksgrenze?*

Parker war Olivias verstorbener Ehemann. Ich nahm an, sie bezog sich auf den Streit in den Unterlagen, die Beatrice vor Jahrzehnten erwähnt hatte. Ich beschloss, dass es an der Zeit war, meine Anwesenheit bekannt zu geben. Als ich die Tür öffnete, hörte ich ein weiteres lautes Donnergrollen draußen. Ich wusste nicht, welche von ihnen mit Wetterkräften um sich warf, aber offensichtlich hatte eine von ihnen sie.

Ich trat aus dem Badezimmer, ging an der Bogenöffnung zur Küche vorbei und bog vom kurzen Flur ins Wohnzimmer. Dort fand ich Olivia mit den Händen in den Hüften, die Nadine finster anstarrte.

Nadine warf einen Blick in meine Richtung, entschied aber offensichtlich, dass ihr das Publikum egal war. Mit schmalen, dunklen Augen blickte sie zurück zu Olivia. »Ja, all dieser Aufruhr wegen einer Grundstücksgrenze. Dieses Grundstück gehört uns«, sagte sie entschlossen und verschränkte die Arme.

Olivia tippte mit dem Fuß auf den Boden. »Absolut nicht, und ich habe die Vermessungspläne, um es zu beweisen. Seit ich die beglaubigten Kopien hierher geschickt habe, machst du einen verdammten Aufstand.«

Nadine rümpfte die Nase. »Ich mache keinen Aufstand«, sagte sie schnaubend.

In diesem Moment flog die Haustür auf und knallte mit einem lauten Schlag gegen die Wand dahinter. Einige Gänseblümchen wehten mit einer Windböe herein. Jerome erschien in der Türöffnung, schritt hindurch mit Gabriel und Liam direkt hinter ihm. »Das ist lächerlich, Nadine«, verkündete er.

Nadine mochte das nicht besonders. Sie richtete ihren Blick auf ihn, ihre Augen funkelten und verdunkelten sich. »Nein, ist es nicht. Das ist unser Grundstück«, sagte sie, wobei jedes Wort mit einem Stoß ihres Zeigefingers in die Luft betont wurde. Mit jedem Stoß grollte der Donner, bei jedem aufeinanderfolgenden Mal lauter und näher.

Offensichtlich war Nadine die Quelle der Wetterkraft. Ich schaute zwischen den beiden Frauen hin und her. »Ihr wollt mir sagen, dass diese ganze lächerliche Gänseblümchensache auf einen Streit über eine Grundstücksgrenze zurückgeht?«

Olivias Mundwinkel zuckten leicht, aber sie würdigte mich keiner Antwort.

Nadine fand es offensichtlich nicht amüsant und presste die Lippen zusammen. Sie begann ihre Hand wieder zu heben, ließ sie dann aber fallen. »Es schadet niemandem. Ich weiß nicht, warum es dich kümmert«, fügte sie schnaubend hinzu.

»Weil wir ein Problem haben. Charm Cove hat es geschafft, unsere Geheimnisse über Jahrhunderte zu bewahren. Ihr zwei habt einen kleinen Streit, anscheinend über eine Grundstücksgrenze, und das bedroht all das. Streitet euch meinetwegen, aber setzt nicht den Rest von uns einem Risiko aus für etwas so Lächerliches«, sagte ich.

Jerome begegnete meinem Blick und nickte langsam. »Genau das habe ich auch gesagt.«

Olivia und Nadine starrten sich einfach an. Da die Haustür noch offen stand, hatte ich einen klaren Blick auf den Schauer von Gänseblümchen, die vom Himmel fielen.

»Da sie es nicht weiter erklären wollen, kannst du uns sagen, wie das alles angefangen hat?«, fragte Liam und gestikulierte zu Jerome.

»Aber sicher. Ich gebe zu, als wir die Vermessungspläne per Einschreiben bekamen«, sagte er mit einem Augenrollen, »wollte ich sie einfach ignorieren. Ich nutze diesen hinteren Teil unseres Grundstücks seit Jahrzehnten für einen Teil meines Gartens, und unsere Klärgrube ist dort. Anscheinend haben wir auf ihr Grundstück übergegriffen. Es stimmt, es gab einen kleinen Streit damals, als wir heirateten, aber es scheint, dass die Markierungen verfault sind, also habe ich es nicht bemerkt, als wir unsere neue Klärgrube einbauen ließen. Es war ein unschuldiger Fehler. Aber das ist nicht der Zeitpunkt, zu dem all dies begann. Sie hatten vor Jahren einen Streit über etwas anderes, Unzusammenhängendes. Sie haben niemals die Streitaxt begraben, sozusagen. Dies hat die Dinge richtig verrückt aufgewühlt. Wir müssen für eine neue Klärgrube bezahlen, und wir haben gerade einfach nicht das Geld dafür.«

Er sah zu seiner Frau und verengte die Augen. »*Sie* ist verantwortlich für das Wetter.« Sein Blick wanderte zu Olivia. »Und ich bin ziemlich sicher, dass sie für die Gänseblümchen verantwortlich ist. Was den Auslöser für die ganze Sache betrifft, meine Frau weiß, wie man einen Groll hegt.«

»Einen Groll wegen was?«, warf ich ein.

Nadine schnaubte und verdrehte die Augen. »Sie hat das getan, als wir jünger waren.«

»Dir eine Vermessung der Grundstücksgrenzen geschickt?«, fragte Gabriel mit einer hochgezogenen Augenbraue. Er schlenderte herüber, seine Schritte lässig, aber ich wusste es besser. Er positionierte sich so, dass, falls eine von ihnen einen weiteren Wetterzauber wirken würde, er ihn abfangen könnte.

»Nein, sie hat mein Fahrrad gestohlen«, antwortete Nadine in einem störrischen Ton.

Fast wäre mir ein kleines Lachen entwischt. Ich biss mir auf die Wangen, sodass es nicht viel mehr als ein lauter Atemzug war. Aber zu spät.

»Es ist nicht lustig«, sagte Nadine und starrte mich an. »Wir waren zehn, und sie hat mein Fahrrad gestohlen. Jetzt tut sie es wieder und stiehlt unser Grundstück. Außerdem waren sie mal zusammen auf einem Date vor langer Zeit.«

Olivia verdrehte heftig die Augen. »Herrje. Du bist nicht ganz bei Trost. Ich war jahrelang glücklich mit Parker verheiratet, Gott hab ihn selig. Du hast immer noch die Höschen verknotet wegen dieses Fahrrads − das ich nicht gestohlen habe, ich habe es ausgeliehen und dann zurückgegeben. Ich habe mich sogar entschuldigt, aber du bist nie darüber hinweggekommen. Zu denken, du hättest das begonnen, weil du glaubst, ich stehle dein Grundstück, ist lächerlich.«

Olivia sah sich in unserer Runde um, hob ihre Hände in Verzweiflung und ließ sie fallen. »Der einzige Grund, warum ich eine Vermessung machen ließ, ist, dass ich überlege, mein Grundstück zu verkaufen. Der Vermesser entdeckte, dass ein Teil ihres Gartens und ihrer Klärgrube auf mein Grundstück ausgedehnt sind. Das ist alles. Ich habe die Vermessung nicht durchführen lassen, um Ärger zu verursachen. Die Dinge sind vielleicht etwas aus dem Ruder gelaufen, das gebe ich zu. Sie hat ihre kleine Donnersache gemacht, und ich habe es mit den Gänseblümchen zurückgeschlagen. Und jetzt, nun... hier sind wir.«

Nadine bewegte sich, um ihre Hand wieder zu heben, ihre Wangen wurden rot. In diesem Moment flippte Gabriel kaum merklich sein Handgelenk. Wann immer Gabriel einen Zauber abfing, manifestierte er sich als kleiner, leuchtend weißer Ball in seinen Händen. In diesem Fall war der Ball nicht zu groß, etwa von der Größe eines Baseballs.

Er verengte seine Augen und schaute von dem in seinen Händen gefangenen Zauber zu Nadine. »Machst du das jedes Mal, wenn du verärgert bist?«, fragte er.

Jerome nickte. »Sie ist etwas launisch«, bot er mit einem Achselzucken an. »War nie besonders gut darin, ihre Magie zu kontrollieren.«

Ich seufzte. »Ist das der Zauber, den du benutzt hast, um den Donner zu starten, und dann hat sie einen Blumenzauber geworfen?«, fragte ich und blickte zwischen Nadine und Olivia hin und her.

»Das hat das ganze Durcheinander begonnen. Wir hatten einen Streit. Das ist alles. Und dann ist es außer Kontrolle geraten. Soweit ich sagen kann, schleudert sie weiterhin Donner in den Himmel. Als ich realisierte, was passierte, habe ich den Gänseblümchen Einhalt geboten, aber ich kann sie nicht vollständig stoppen. Alles, was jetzt folgt, stammt vom ursprünglichen Zauber. Ich gebe zu, zuerst dachte ich, es wäre lustig, bis die ganze verdammte Stadt mit Gänseblümchen bedeckt war und wir alle in den Nachrichten waren. Ich erkenne das damit verbundene Risiko, also versuche ich, verantwortungsvoller zu sein.«

Nadines Wangen waren immer noch gerötet, aber sie blieb still. Ich schaute von Gabriel zu Liam. »Ich bin nicht sicher, wie wir das stoppen können. Es klingt, als würde sich der Zauber vermehren. Wenn das der Fall ist, haben wir ein ernstes Problem.«

Nadine nickte. Sie sah etwas kleinlaut aus. »Er vermehrt sich. Wie Jerome sagte, ich habe etwas Schwierigkeiten, meine Magie zu kontrollieren. Wann immer ich mit den Händen schwinge, passiert ein wenig Donner. Das ist ein Problem, seit ich ein kleines Mädchen war.« Sie sah mich an und presste die Lippen zusammen. »Ich bin keine Wicked, also bin ich kein Experte. Meine Magie ist etwas wirr. In meiner Familie hat mir nie jemand beigebracht, wie ich sie kontrollieren soll. Also wenn ich jetzt verärgert werde, nun, dann gibt es Donner. Wir haben nicht wirklich geredet, seit wir diesen Streit hatten und all das begann. Seitdem war ich einfach genervt von der ganzen Sache.«

Ich blickte zu Gabriel und nickte. »Ich denke, es ist sicher, diesen Zauber aufzulösen.«

Gabriel tat dies umgehend, der leuchtende weiße Ball in seiner Hand löste sich in Glitzer auf und fiel zu Boden, bevor er verschwand.

Nachdem das erledigt war, blickte ich in der Gruppe umher. »Ich denke, keiner von uns sollte irgendwohin gehen, bis wir herausgefunden haben, wie wir diesen sich vermehrenden Zauber, den ihr offenbar erschaffen habt, unterbinden können. Irgendwelche Ideen?«, fragte ich Liam, als er an meine Seite trat.

»Sich vermehrende Zauber sind unglaublich schwer entgegenzuwirken. Ich glaube nicht, dass wir fünf hier genug Kraft haben, um ihn zu stoppen«, sagte er mit besorgtem Blick.

»Nächstes Mal«, begann ich mit einem gezielten Blick zwischen Nadine und Olivia, »geht nicht in einen kleinlichen Kampf, der Wetter und Blumen einbezieht. Ihr setzt uns alle einem Risiko aus wegen etwas so Lächerlichem.«

Olivia seufzte und sah angemessen zerknirscht aus.

Währenddessen schnaubte Nadine wieder. »Also...«

Ich starrte sie an. »Das kann doch nicht dein Ernst sein. Es geht um eine Grundstücksgrenze. Eine Grundstücksgrenze! Und anscheinend um ein gestohlenes Fahrrad von wer weiß wie lange her und ein Date. Kommt darüber hinweg.«

»Wir müssen Verstärkung rufen. Ich werde meine Eltern und Jacob anrufen«, sagte Liam schnell.

Gabriel stimmte ein: »Und ich rufe unsere an.«

Während ich mein Handy herausholte, fügte ich hinzu: »Ich rufe Beatrice und Penelope an, und dann werde ich Lea Bescheid geben, den Laden zu schließen.«

KAPITEL SIEBZEHN

Wir hatten innerhalb einer Stunde einen Garten voller Hexen und Zauberer. Liam, Gabriel und ich waren da, zusammen mit Nadine und Jerome. Olivia war auch geblieben. Jacob und Lea gesellten sich mit beiden meiner Eltern zu uns, Liams Eltern, Opal und Theo, Beatrice Powers, Tom Lewis, die Zwillinge, Emma und Jackson, und einige andere, die Beatrice mitgebracht hatte. Sie war eine der ältesten Hexen, die in Charm Cove lebten, und hatte einige Hexen und Zauberer herangezogen, die man selten in der Stadt sah, die aber ziemlich mächtig waren.

Opal stemmte ihre Hände in die Hüften und blickte in der Gruppe umher. Im Moment liefen wir noch ziellos herum. »Okay, kommt noch jemand?«, fragte sie und ließ ihren Blick über die Gruppe schweifen.

Beatrice schüttelte den Kopf und verdrehte die Augen über Opal. Opal liebte es, die Show zu leiten, obwohl Beatrice sie definitiv in Macht und Autorität übertraf. Opal ignorierte das bewusst.

»Nun, wir brauchen einen Plan und zwar schnell«, bemerkte Beatrice.

Opal schaute zu meinen Eltern und dann zu Jacob und Lea. »Ihr alle seid die Hüter der beiden Bibliotheken mit den meisten Informationen über Zaubersprüche. Was wissen wir darüber, was wir gegen einen Vermehrungszauber tun können, der jetzt schon seit drei Wochen andauert?«

Je länger ein Vermehrungszauber anhielt, desto mächtiger wurde er. Es war wie ein Ball, der einen Hügel hinunterrollt und dabei an Schwung und Kraft gewinnt.

Mein Vater nickte und räusperte sich. »Wir brauchen einen Blockierzauber.«

»Einen verdammt starken Blockierzauber«, fügte Jacob hinzu.

»Vielleicht ist es der beste Ansatz, wenn wir uns alle auf das Blockieren konzentrieren? Obwohl diejenigen, die die meiste Kraft beim Blockieren haben, den Prozess beginnen müssen. Das bedeutet«, Opal machte eine Pause und zeigte auf Liam, Liams Vater, Jacob, meinen Vater und Beatrice, »all ihr, die sich auf diese Kraft spezialisiert haben und davon reichlich besitzt, müsst mit dem Zauberspruch beginnen. Dann werden wir anderen uns anschließen, und hoffentlich wird diese Menge an Multiplikation ihn stoppen. Schließlich brauchen wir jemanden, der sie bündelt und die Kraft am effektivsten kanalisiert. Wir brauchen die Blockierungskraft, die kanalisiert und dann verteilt wird.«

»Emma, Celia, Delia und Lea sind für das Bündeln zuständig«, warf Beatrice ein, bevor sie sich zu mir umdrehte. »Zuletzt brauchen wir dich, um sie zu verteilen.«

»Hä?«

Beatrice grinste. »Ja, Liebe. Wenn du dich selbst transportierst, verteilst du Kraft. Ich schlage vor, dass du deine Kraft für eine Variation davon einsetzt. Es gibt keinen direkten Zauberspruch, um Energie so zu transportieren, wie du dich selbst transportierst. Keine Sorge, du wirst nicht in den Himmel fliegen und zu einem Gänseblümchen werden.« Dieser Kommentar entlockte einigen in der Gruppe ein Kichern. »Vielmehr möchte ich, dass du dich darauf konzentrierst, was du tust, wenn du dich selbst transportierst, und zwar auf den Blockierzauber, den wir erschaffen. Wenn du die Kraft des Blockierzaubers spürst, lenkst du diese Energie geradewegs in den Himmel.«

Reflexartig blickte ich zu Liam, während sich in meinem ganzen Körper Anspannung aufbaute. Ich hatte noch nie etwas Derartiges getan, und alles fühlte sich ein bisschen überwältigend an. Das

Problem war, wenn wir diesen Vermehrungszauber nicht bald stoppten, bestand die Gefahr, dass die Gänseblümchen die Grenzen von Charm Cove überschreiten würden. Genau diese Sorge hatten eine Reihe von Leuten geäußert, als wir uns in der letzten halben Stunde oder so langsam hier versammelten. Mit Vermehrungszaubern war nicht zu spaßen.

Nach einem beruhigenden Atemzug nickte ich. »Okay, ich werde es versuchen, aber ich kann nicht versprechen, dass es funktionieren wird.«

»Du wirst Erfolg haben«, sagte meine Mutter bestimmt, ihr Ton war weitaus zuversichtlicher als ich mich innerlich fühlte.

Als Opal ihre Hände hob, wurden alle ruhig und bildeten langsam einen Kreis, ohne dass Anweisungen nötig waren. Jeder, der in Charm Cove als Hexe oder Zauberer wohnte, war Teil unseres Covens. Wir sprachen nicht oft in diesen Begriffen darüber, wenn auch nur, weil dieser Begriff heutzutage in der Populärkultur zu oft verwendet wurde. Dennoch war das, was wir waren.

Sobald der Kreis vollständig war, fassten wir uns nicht an den Händen, weil das nicht notwendig war. Fast jeder schloss die Augen und wurde still. Diejenigen mit der stärksten Blockierungskraft – Liam, sein Vater, Jacob und mein Vater – begannen. Beatrice wartete und ließ ihren Blick über den Kreis schweifen. Nach ein paar weiteren Minuten schlossen sich andere an. Es war selten, dass ein solches Ereignis stattfand, vor allem, weil es selten notwendig war. Es war viele Jahre her, seit ich eine solche Macht an einem Ort gesehen hatte, die gemeinsam auf ein gemeinsames Ziel hinarbeitete.

Die Luft begann zu vibrieren, stellte die Haare in meinem Nacken auf und schickte Elektrizität durch meinen Körper. Ein vertrautes Kribbeln lief durch meine Fingerspitzen, hinauf zu meinen Schultern und meine Wirbelsäule hinunter. Mein Blick fiel auf Beatrice, und sie nickte, bevor sie sich dem Blockierungskreis anschloss.

Als Nächstes taten Emma, die Zwillinge und Lea ihren Teil. Sie umschlossen den gesamten Kreis von uns mit glühenden Bändern, die eine immense Menge an Kraft an einem Ort hielten und schützten.

Gerade als ich mich fragte, ob ich etwas tun sollte, spürte ich Beatrices Blick auf mir. Sie nickte und schloss dann die Augen. Mein

Körper hatte die Macht, die übernahm, bereits gespürt. Ich schloss die Augen, ließ meinen Geist ruhig werden und konzentrierte meine Kraft. Normalerweise konzentrierte ich sie nach innen, weil ich gewöhnlich mich selbst transportierte. Diesmal tat ich, was Beatrice angewiesen hatte, und konzentrierte meine Energie auf die enorme Kraft, die in der Mitte des Kreises vibrierte und die von der Einhüllung festgehalten wurde.

Die Kraft in mir baute sich zu einer fast unerträglichen Intensität auf, bevor ich sie losließ und gen Himmel schleuderte. Metaphorisch gesprochen, versteht sich.

Wenn ich mich selbst transportierte, war es immer ein ziemlich seltsames Gefühl, egal wie oft ich es tat. Diesmal, da mein Fokus nicht auf meinem eigenen Körper, sondern außerhalb von mir lag, baute sich die Energie schnell auf und löste sich dann. Als ich die Augen öffnete, beobachtete ich, wie glitzernde Funken meines Zaubers in die Mitte des Eindämmungskreises und dann hoch in den Himmel flogen und sich am Horizont verteilten, genau wie Beatrice es erhofft hatte.

Ich war zufällig die einzige Person mit offenen Augen, weil alle anderen sich auf ihre jeweiligen Aufgaben konzentrierten. Ich blieb ruhig und wartete, als sich das Glitzern so weit verbreitete, wie ich sehen konnte. Nach einem weiteren Moment sprach Beatrice. »Genug.«

Zuerst lösten Emma, Lea, Celia und Delia ihren Bündelungszauber. Die leuchtenden Ringe, die alle umgaben, lösten sich auf und fielen wie Funken zu Boden. Der Rest der Gruppe öffnete die Augen. Die intensive Kraft, die in der Luft schimmerte, ließ langsam nach.

Es war ein bisschen wie das langsame Herunterdrehen der Lautstärke bei lauter Musik. Das Summen und Vibrieren verschwand, bis uns Stille umgab. Wir alle schauten nach oben, wo man immer noch die glitzernden Funken sehen konnte, die sich über den Himmel ausbreiteten.

Beatrice strahlte, ihre braunen Augen trafen auf meine.

»Ich hoffe, es hat funktioniert«, bot ich vorsichtig an.

KAPITEL ACHTZEHN

Mein Vater und Jacob traten zusammen. Sie teilten verwandte Arten von Magie. Jacob konnte Zauber spezifischerer Natur wahrnehmen. Bei allen gewirkten Zaubern wäre er in der Lage, sie zu spüren und zu erkennen, wer für das Wirken verantwortlich gewesen war. Er hatte die Fähigkeit, magische Spuren in der Luft aufzunehmen. Währenddessen besaß mein Vater die Fähigkeit, die Existenz von Magie zu spüren. Wenn jemand seine übernatürlichen Fähigkeiten in der Nähe meines Vaters verbergen wollte, hatte er kein Glück. Hin und wieder arbeiteten er und Jacob zusammen und kombinierten die Kraft ihrer Fähigkeiten, um gemeinsam zu erspüren, ob ein Zauber wirksam gewesen war.

Alle wurden wieder ruhig, als sie ihre Augen schlossen. Nach einem Moment öffneten sie sie im Einklang. »Die Vermehrungszauber haben aufgehört«, sagte mein Vater. Er zeigte ein Lächeln, was selten für ihn war. Er hatte einen schlauen Sinn für Humor, war aber von Natur aus ein eher zurückhaltender Mann.

»Gott sei Dank«, rief meine Mutter aus, gefolgt von einem gemurmelten Chor der Zustimmung.

Die Gruppe löste sich auf, und Lea trat von ihrem Platz im Kreis weg. Sie schlenderte zu Olivia hinüber. Sie blieb vor ihr stehen und stützte eine Hand auf ihre Hüfte. »Lass so etwas nicht noch einmal passieren. Das war lächerlich. Vielleicht dachtest du, es wäre lustig, aber es ist völlig außer Kontrolle geraten.«

Olivia sah geringfügig geläutert aus. »Ich hatte keine Ahnung, dass es so außer Kontrolle geraten würde. Ganz zu schweigen davon, dass ich nicht wusste, dass Nadine nicht viel Kontrolle über ihre Magie hat.« Sie hielt inne und wandte sich zu Nadine um. »Du musst das in den Griff bekommen«, fügte sie hinzu.

»Ich habe einen Trank, der dir dabei helfen kann«, bot meine Mutter an und ging an Nadines Seite.

Nadine sah etwas verlegen aus. »Niemand wurde verletzt«, murmelte sie.

»Ja, aber die Dinge sind außer Kontrolle geraten. Du solltest mit Camille arbeiten und sie dir helfen lassen, deine Magie in den Griff zu bekommen«, sagte Lea. Ihr Blick wanderte zwischen Nadine und Olivia hin und her. »Und ihr beiden dürft nicht mehr über dumme Sachen streiten. All das wegen einer Grundstücksgrenze.«

»Eine letzte Sache«, warf Beatrice ein.

»Was?«, fragte ich.

»Wir müssen wissen, wo das ursprüngliche Gänseblümchen war, das du benutzt hast, um den Zauber zu beginnen«, erklärte sie und sah zu Olivia.

»Oh, richtig. Nun, lasst uns zu meinem Haus gehen«, antwortete Olivia.

»Wir müssen nicht alle gehen. Du aber schon«, sagte Beatrice und zeigte auf Liam.

»Warum ich?«, entgegnete er.

»Wir brauchen dich, um dieses Gänseblümchen in seinen ursprünglichen Zustand zurückzuversetzen, was alle verbleibenden Magiespuren des Zaubers auslöschen wird. Es mag übertrieben sein, aber es ist eine Vorsichtsmaßnahme, damit dies nicht wieder anfängt«, erklärte Beatrice.

Liam suchte meinen Blick, und ich nickte. »Gehen wir.« Ich warf einen Blick auf meinen Bruder Gabriel. »Willst du mit uns mitfahren oder zurück nach Hause?«

Gabriel grinste. »Ich hatte genug Magie für heute. Ich gehe mit

Mom und Dad nach Hause zurück. Ich muss sowieso raus zur Farm, um mich mit Nathaniel zu treffen und ein paar Dinge zu erledigen.« Er bezog sich auf die Ahornsirup-Farm, die er von unserem entfernten Cousin geerbt hatte, als dieser starb.

»Kommt heute Abend zum Essen vorbei«, rief meine Mutter, als Liam meine Hand in seine nahm, während wir zum Auto gingen. Mit einem Winken machten er und ich uns auf den Weg zu Olivias Haus, Beatrice und ihrer Freundin Eva folgend.

Dieser letzte Teil dauerte überhaupt nicht lange. Olivia wusste genau, welches Gänseblümchen sie für den ursprünglichen Zauber verwendet hatte. Sie führte uns um ihren noch immer mit Gänseblümchen bedeckten Hof zu einem Blumenbeet voller Gänseblümchen und zeigte auf die Mitte.

»Genau da. Das, das so groß ist. Ich habe es wirklich nur zum Spaß gemacht«, sagte sie und blickte von mir zu Beatrice und Eva. »Nadine ist so verklemmt, und ich dachte, es wäre lustig. Ich hatte keine Ahnung, dass die Vermehrung mit ihrem Wetterzauber beginnen würde.«

»Man lernt nie aus, nehme ich an«, kommentierte Eva mit einem Achselzucken.

Beatrice war ganz geschäftsmäßig. Mit einem bedeutungsvollen Blick zu Liam sagte sie: »Wende deine Magie an und bringe diese Blume in den Zustand zurück, in dem sie vor all diesem Wahnsinn war.«

Eine von Liams einzigartigen magischen Kräften war die Fähigkeit, Dinge in ihren ursprünglichen Zustand zurückzuversetzen. Die Magie galt nicht für Lebewesen wie Tiere und Menschen. Aber sie funktionierte wie ein Zauber für Gegenstände, Pflanzen und dergleichen.

Wir traten von Liam zurück, als er sich dem fraglichen Gänseblümchen näherte. Er kniete sich in das Blumenbeet und umschloss mit seinen Händen das riesige Gänseblümchen, das Olivia identifiziert hatte.

Nachdem er seine Augen geschlossen hatte, begann die Luft leicht zu summen. Es war bei weitem nicht die Kraft des kollektiven Zaubers von vorhin, aber genug, um die Vibration in der Luft um uns herum zu spüren. Während wir zusahen, schrumpfte das riesige Gänseblümchen langsam auf eine normale Größe.

Nach einem Moment stand er auf, ließ seine Hände fallen und schaute nach unten. »Nun, das sieht mehr nach einem gewöhnlichen Gänseblümchen aus.«

Olivia seufzte. »Es hat Spaß gemacht, solange es dauerte, aber selbst ich fing an, mir Sorgen zu machen, wie man es stoppen könnte. Ich hatte meinen ursprünglichen Zauber komplett aufgehoben, aber ich konnte nicht herausfinden, warum sie weiter kamen. Da wurde mir klar, dass der Zauber sich vermehrt haben muss. Gott sei Dank ist es vorbei. Ich liebe Gänseblümchen, aber nicht so sehr.«

Beatrice kicherte, als sie sich mit Eva zum Gehen wandte.

KAPITEL NEUNZEHN

An diesem Abend gingen Liam und ich wie gewünscht zum Abendessen zu meinen Eltern. Wir genossen einen Blaubeerkuchen, der aus den letzten Blaubeeren gemacht wurde, die meine Mutter für den Winter eingefroren hatte. Ich schaute zu Nathaniel hinüber, nachdem ich meinen leeren Teller weggeschoben hatte. »Wie sieht der Plan aus?«

»Zuerst muss ich Gabriel aus dem Häuschen des Hausmeisters rauswerfen, damit ich wieder einziehen kann«, sagte Nathaniel und warf Gabriel ein Grinsen zu.

Gabriel zuckte mit den Schultern und verdrehte die Augen. »Es gibt nur ein Schlafzimmer. Du kannst die Couch haben.«

Nathaniel lachte. »Klar. Im Ernst, ich bin mir nicht sicher. Ich muss noch ein paar Dinge erledigen, bevor ich umziehe. Auf jeden Fall werde ich im Sommer bei deiner Hochzeit in Schottland dabei sein.«

»Bist du sicher? Du musst nicht kommen. Wir veranstalten hier in Charm Cove um die Weihnachtszeit nächstes Jahr eine Feier. Wenn es zu viel Aufwand ist, nach Schottland zu kommen, könntest du dazu kommen«, sagte ich.

Meine Mutter verengte ihre Augen. »Absolut nicht. Du *wirst* bei dieser Hochzeit in Schottland sein«, befahl sie.

Meine Mutter hatte sich weitgehend zurückgehalten, mich zu sehr wegen der Hochzeit herumzukommandieren, aber es überraschte mich nicht, dass sie erwartete, dass alle meine Brüder teilnehmen würden. Ich blieb still. Ich dachte, es sei genug, dass ich plante, mein Schicksal zu erfüllen.

Keineswegs war ich verärgert darüber, meinem Schicksal zu begegnen, aber wenn die halbe Stadt und unsere Familien Meinungen darüber hatten, was bei unserer Hochzeit passieren sollte, nun, manchmal war das ein bisschen viel. Ich nehme an, ich könnte Charm Cove und seinen verschiedenen Unfug und Magie dafür danken, dass sie mich anderweitig beschäftigt hielten.

Liam griff unter dem Tisch nach meiner Hand und drückte sie, während ich einen Schluck von meinem Wein nahm.

Nathanial grinste meine Mutter an. »Natürlich werde ich da sein, Mama. Du musst dir *keine* Sorgen machen. Ich würde Moiras Hochzeit um nichts in der Welt verpassen.«

»Mach bloß nichts Verrücktes«, sagte ich mit einem neckischen Blick in seine Richtung.

Nathaniel war definitiv der Scherzbold in unserer Familie. Ich stellte mir vor, dass er etwas für unsere Hochzeit im Ärmel hatte, aber wer wusste schon, was.

———

Später an diesem Abend wackelte ich mit den Zehen, während ich meine Beine auf dem Sofa ausstreckte. Ich lehnte an Liams Schulter, während Ghost neben ihm laut schnurrte. Wir ließen einen ziemlich ereignisreichen Tag ausklingen und schauten die Abendnachrichten. Nach einer Werbeunterbrechung begann das nächste Segment.

»In den heutigen lokalen Nachrichten aus Maine gab es mehrere Berichte über ein seltsames Phänomen, das heute Nachmittag am Himmel über Charm Cove zu sehen war«, begann der Reporter. »Anrufer berichteten, dass der Himmel für mehrere Minuten voller Funken zu sein schien. Die Funken lösten sich schließlich auf, aber die Beobachter waren besorgt.

»Da Charm Cove immer noch mit Gänseblümchen bedeckt ist und

von den Experten noch keine Antworten darüber vorliegen, was die Stadt zum Gänseblümchen-Wunder der Welt macht, sind die Menschen verständlicherweise besorgt darüber, was sonst noch vor sich geht.« Der Bildschirm wechselte zu einigen ausgewählten Fotos vom Stadtgrün von Charm Cove, das mit Gänseblümchen übersät war. »Es gibt noch keine Antworten. Die Nachrichten, die wir aus Charm Cove hören, deuten immer mehr darauf hin, dass seine phantasievolle Geschichte über Hexen und Zauberer nichts anderes als ein paar übertriebene Geschichten ist. Dennoch haben wir unsere Reporterin vor Ort in Charm Cove, Amy Wells, um über das neueste Phänomen zu berichten. Zu dir, Amy. Was kannst du uns über das sagen, was du heute Nachmittag gesehen und gehört hast?«

Der Bildschirm zeigte ein verschwommenes Foto des Himmels über Charm Cove mit Lichtstreifen darin. Die Kamera schwenkte dann zu Amy, einer hübschen Frau mit kurzen braunen Haaren.

»Nun, Chuck, wie du gerade gesagt hast, gab es mehrere Berichte von Menschen, die heute Nachmittag Lichtfunken am Himmel beobachtet haben. Ich habe persönlich mit einer Reihe von Leuten gesprochen, die das Phänomen beobachtet haben, aber niemand weiß, was es war. Alle behaupten, noch nie etwas dergleichen gesehen zu haben. Ich habe hier einen Wissenschaftler von einer der nationalen Wetterbehörden, der uns über mögliche natürliche Erklärungen für das, was die Menschen gesehen haben, Auskunft geben wird.«

Ein großer Mann mit grauen Haaren lehnte sich nach vorne und nahm Amy das Mikrofon ab. Er begann, verschiedene Erklärungen dafür zu liefern, warum es manchmal Funken am Himmel gab. »Zusammenfassend lässt sich sagen, dass es sich, so seltsam es auch erscheinen mag, im Gegensatz zu den Gänseblümchen um natürliche Phänomene handelt, die diese vorübergehende Illusion erzeugen würden. Wir glauben nicht, dass es etwas gibt, worüber sich die Menschen Sorgen machen müssten. Außerdem scheint es, dass die Gänseblümchen, die vom Himmel fallen, in letzter Zeit weniger geworden sind. Wir hoffen, dass dies vielleicht das Ende dieses Phänomens sein könnte. Wir haben noch keine Erklärung dafür gefunden. Es bleibt vielleicht noch jahrelang ein Rätsel.«

Mit einem fröhlichen Lächeln nahm Amy dem Wissenschaftler das

Mikrofon wieder ab. »Das ist alles, was wir vor Ort in Charm Cove haben. Zurück zu dir, Chuck.«

Als ich zu Liam aufblickte, brach ich in Gelächter aus. Er kicherte, und die Nachrichtensendung wechselte zum Wetterbericht.

EPILOG

Einige Wochen später trat ich aus der Haustür und blickte auf all die verwelkten Gänseblümchen, die noch übrig waren. Seit wir erfolgreich den Vermehrungszauber gestoppt hatten, waren keine weiteren Gänseblümchen mehr vom Himmel gefallen. Sie hatten auch aufgehört, wild zu wuchern, und diejenigen, die auf dem Boden zurückgeblieben waren, begannen endlich zu verwelken und abzusterben. Die einzigen Gänseblümchen, die noch am Leben waren, waren die, die man sozusagen als normale Gänseblümchen betrachten würde. Die Stadt war dabei, alles nach und nach aufzuräumen, auch wenn es ein ziemliches Projekt war.

Geist stürmte hinter mir aus der Tür, unterwegs zu einem Tag voller Spaß und Vergnügen, wie ich vermutete. Liam schloss die Tür hinter mir, und wir fuhren in die Innenstadt. Er setzte mich bei Magic Beans ab, auf seinem Weg ins Büro. Das Leben begann sich wieder größtenteils normal anzufühlen. Nun, so *normal* wie es sich in einer Stadt voller Hexen und Zauberer eben anfühlen konnte.

Durch Zufall hatte Liam vor ein paar Wochen bei der Wette im Enchanted Spirits gewonnen. Er hatte den richtigen Tag vorausgesagt, an dem die Gänseblümchenschauer komplett aufhören würden, und dadurch über zweitausend Dollar gewonnen. Er spendete das Geld für die Aufräumkosten der Stadt. Ich konnte kaum glauben, dass zweihundert Leute je zehn Dollar darauf gesetzt hatten, wann die Gänseblümchen aufhören würden.

Ich holte mir meinen üblichen Kaffee und ging dann über den Stadtplatz zurück. Dabei bemerkte ich, dass nur noch ein paar verwelkte Gänseblümchen an der großen Balsamtanne hingen, die wie ein Wächter in der Mitte des Stadtplatzes stand. Wir hatten immer noch einige Touristen, die von dem plötzlichen Besucherandrang der letzten Wochen übrig geblieben waren. Ende Mai war ohnehin die Zeit, in der die Dinge für den Sommer langsam in Schwung kamen.

Dale Anderson, der Reporter, der zu Beginn des ganzen Gänseblümchenschlamassels mein Foto geschossen hatte, winkte mich zu sich herüber, als er auf dem Bürgersteig gegenüber von Persnickety Potions & Gifts auf mich zukam.

»Hallo«, sagte ich mit einem Lächeln, bevor ich einen Schluck von meinem Kaffee nahm.

Er hielt inne, die Kamera in der Hand, als er sich umdrehte, um ein Foto von der hohen Balsamtanne zu machen. »Nun, sieht so aus, als wären die Gänseblümchen endlich verschwunden«, sagte er, als er mich wieder ansah.

»Haben Sie jemals herausgefunden, ob Magie dahintersteckte?«, fragte ich und unterdrückte ein Grinsen.

Er verdrehte die Augen. »Oh, ich habe sicherlich viele fantasievolle Geschichten gehört, aber nichts Konkretes ist dabei herausgekommen. Bei meiner letzten Reise hierher habe ich gehört, wie sich die Leute beschweren, dass die Gänseblümchen weg sind, weil sie während des Ereignisses so viel zusätzliches Geschäft gemacht haben.«

Ich zuckte mit den Schultern. »Na ja. Wir sind den ganzen Sommer über sowieso beschäftigt. Versteh mich nicht falsch, ich habe mich über die zusätzlichen Geschäfte gefreut, aber es war schon seltsam, ständig und überall Gänseblümchen zu haben.«

Dale lachte. »Seltsam ist eine Möglichkeit, es auszudrücken. Apropos Geschäfte, ich habe eines der Mittel aus eurem Laden. Es soll mir helfen, die Liebe zu finden.« Er verdrehte die Augen. »Nicht, dass ich glaube, dass ich es brauche, aber die Zwillinge, die dort arbeiten, bestanden darauf, dass ich es nehmen sollte. Es ist schwer, ihnen Nein zu sagen, weißt du.«

Ich grinste. »Sie sind definitiv gute Mitarbeiterinnen. Es ist nur ein bisschen Spaß. Wie auch immer, ich muss zur Arbeit. Einen schönen Tag noch. Wenn du jemals wieder in der Stadt bist, komm doch auf einen Besuch vorbei.«

»Das werde ich auf jeden Fall.«

Ich winkte, als ich vom Bürgersteig trat und die Straße zum Laden überquerte, und atmete erleichtert auf, sobald ich drinnen war. Ich genoss meinen Kaffee, während ich den Laden für die Öffnung vorbereitete. Meine erste Kundin war Beatrice. Sie kam durch die Tür, mit einem Funkeln in den Augen. »Ich weiß, was ich für eure Hochzeit mache«, verkündete sie.

»Du musst nichts Besonderes machen. Es reicht schon, dass du den ganzen Weg nach Schottland kommst.«

Ihr Lächeln wurde breiter. »Oh nein, ich habe ein Geschenk, aber es ist eine Überraschung. In der Zwischenzeit brauche ich ein paar Tränke.«

Ich konnte nicht anders, als mich zu fragen, was sie für uns geplant hatte. Bei all dem Trubel um die Gänseblümchen war ich etwas erleichtert, dass ich die Hochzeitsplanung weitgehend meiner Mutter und meinen Tanten überlassen hatte. Ich fand, ich tat genug, indem ich einfach auftauchte. Obwohl ich gerne so tat, als würde ich unter dem Druck des Schicksals leiden, liebte ich Liam und freute mich definitiv auf die Hochzeit.

Ich stellte mir nicht vor, dass es viel für uns ändern würde. Aber zumindest konnten wir sicher sein, dass wir verhindert hatten, dass eine jahrhundertealte Fehde zwischen unseren Familien wieder aufflammte.

In der Zwischenzeit klingelte die Glocke über der Tür, und Kunden begannen den Laden zu füllen. Ich hatte Magie zu verkaufen.

———

Danke, dass du Oopsy Daisy! Wenn du Updates zu meinen Neuerscheinungen und anderen Neuigkeiten erhalten möchtest, melde dich für meinen Newsletter an: subscribepage.io/sTrNBG

Für mehr Unfug, Magie und Chaos in Charm Cove, blättere weiter für einen Vorgeschmack auf Siren Song Gone Wrong, das nächste Buch in der Wicked Good Mystery Serie!

AUSZUG: SIREN SONG GONE WRONG

MOIRA WICKED

»Und?«, fragte meine Tante Lea und tippte mit ihrem glänzend roten Fingernagel auf die Glasvitrine.

Ich sah auf die zwei Halsketten in der Vitrine hinunter, beide wunderschön und beide Familienerbstücke.

Falls du dich fragst, Hochzeitsplanung ist ein riesiger Schmerz im Hintern. Ich steckte mittendrin. Wir waren nur noch vier Wochen von meiner Hochzeit entfernt. In diesem speziellen Moment musste ich entscheiden, welche Halskette ich zu meinem Hochzeitskleid tragen wollte.

Kleiner Bonus, wenn man eine Hexe ist, der es bestimmt ist, einen Hexer zu heiraten, mit einer Hochzeitszeremonie, die vom Schicksal umhüllt wird: Fast alles wurde für mich entschieden.

Zum Beispiel würde ich das Hochzeitskleid meiner Großmutter tragen, das ziemlich schön war. Gott sei Dank. Es war ein cremefarbenes Seidenkleid, schlicht und elegant. Selbst meine Kurven brachten es nicht allzu sehr aus der Form. Ich durfte meine eigenen Schuhe aussuchen, das war ein kleines, spaßiges Detail. Mehr zu meiner Familiengeschichte später. Ich musste mich jetzt für die verdammte Halskette entscheiden.

Lea stand mir gegenüber auf der anderen Seite der Theke in Persnickety Potions & Gifts, dem Laden, den ich für meine Familie, die Wickeds, führte. Wir verkauften Tränke und Geschenke. In der heutigen Zeit nannten wir die Tränke »Heilmittel«, was sie per Definition auch waren. Es war nur so, dass in allen ein Hauch Magie steckte, und sie *wirklich* wirkten.

Aber ich schweife ab. Leas knallrote Brille saß auf ihrer Nase, und ihr silbernes Haar wurde mit passenden roten Essstäbchen in einem Knoten gehalten. Ich war ziemlich sicher, dass ich sie nie mit Essstäbchen hatte essen sehen, aber sie hatte jede Menge für ihr Haar.

Ihre blauen Augen verengten sich. »Du kannst nicht ewig bei diesen Details trödeln. Du hast nur noch vier Wochen. Ich muss das polieren lassen, und alles muss in Schottland auf dich warten für den Tag der Zeremonie.«

Ich unterdrückte einen Seufzer und konzentrierte mich pflichtbewusst auf die beiden Halsketten vor mir. »Die da«, sagte ich und zeigte auf die zu meiner Linken. »Ich liebe die Perlen, und ich glaube, sie passen besser zu meinem Kleid. Die andere ist ein bisschen aufwändiger, findest du nicht?«

»Ich stimme absolut zu«, antwortete sie feierlich.

»Na, halleluja«, sagte ich und verdrehte die Augen.

Lea stützte eine Hand auf ihre Hüfte und seufzte. »Ich denke, wir alle haben dich sehr dabei unterstützt, dass du das Gefühl hast, Teil dieses Prozesses zu sein, Liebes.«

»In Anbetracht der Tatsache, dass dies meine Hochzeit und meine Ehe sein wird, bin ich froh, dass du das Gefühl hast, du hättest dich bemüht, mich einzubeziehen.« Ein schmerzlicher Blick trat in ihre Augen, und ich verspürte einen Anflug von Schuldgefühlen. »Ich mache nur Spaß. Eine Hochzeit ist eine Menge Arbeit. Ehrlich, ich schätze die Tatsache, dass ich durch die Hilfe von allen nicht annähernd so viel Arbeit habe wie die meisten anderen. Ich liebe mein Kleid und ich liebe diese Halskette.«

Die Glocke über der Ladentür klingelte, und Daniel Levesque, der

Polizeichef von Charm Cove, trat ein. Er trug Uniform, was mich sofort in Alarmbereitschaft versetzte.

Daniel schaute sich im Laden um, musterte ihn praktisch wie ein Ermittler, als er auf uns zukam. Im Moment waren durch ein kleines Wunder nur Lea und ich hier. Wir hatten noch nicht offiziell geöffnet, aber ich hatte die Vordertür unverschlossen gelassen, als sie hereingekommen war. In einer halben Stunde würden wir beschäftigt sein, da es Hochsommer war.

Daniel blieb neben Lea stehen und nickte. »Hallo, Lea, wie geht es Ihnen heute Morgen?«, fragte er.

»Ganz gut, Daniel. Sie sehen so hübsch aus in Ihrer Uniform«, bot sie mit einem Augenzwinkern an.

Daniel hob eine Augenbraue. Mit seinem dunklen Haar und den tiefbraunen Augen war Daniel ziemlich gutaussehend und auch ziemlich glücklich verheiratet mit meiner besten Freundin Zoe. Sie erwarteten bald auch ein Baby.

»Was führt Sie heute Morgen hierher?«, fragte ich.

Daniel lehnte seine Hüfte gegen die Theke mir gegenüber. Die Vitrine diente gleichzeitig als Theke. Lea hatte den vollen Effekt gewollt, wie sie sagte, damit ich die Halsketten sehen könnte, also hatte sie sie in der Vitrine auf dem reichen blauen Samtfutter platziert.

Daniel fuhr sich mit der Hand durch das Haar und seufzte. »Ich dachte, ich fange am besten hier an. Ich sah Leas Auto, also dachte ich, ich könnte euch beide erwischen.«

»Was ist los?«, fragte Lea, ihre Aufmerksamkeit jetzt völlig von der Hochzeitsplanung abgewandt.

»Nun, es ist etwas seltsam«, begann Daniel.

»Seltsam?«, warf ich ein.

»Ja, seltsam. Wenn man berücksichtigt, dass alle auf einem Fischerboot berichten, dass sie eine Sirene gehört haben«, erwiderte Daniel.

»Sie meinen wie eine Polizeisirene?«, fragte ich.

»Äh, nein. Die Art von Sirene, die Männer anlockt«, stellte Daniel klar.

»Was?!«

»Oh mein!« Leas Ausruf überschnitt sich mit meinem.

»Ja, also, das Boot ist letzte Nacht weit unten in Massachusetts vom Kurs abgekommen. Statt in Boston anzulegen, kamen sie hier nach Maine zu einer der kleinen Inseln, die keinen Namen hat, und sind mit ihrem Boot darauf aufgelaufen.«

Leas Augen weiteten sich. »Oje. Also was haben wir damit zu tun?«

»Sie im Besonderen, nichts. Ich dachte nur, Sie könnten mehr über Sirenen wissen als ich. Jeder Kerl auf diesem Boot berichtet, dass eine Frau sie über das Meer hinweg gerufen hat. Tatsächlich bezeichnen die meisten von ihnen sie als Sirene und berichten, sie sei die schönste Frau, die sie je gesehen haben.«

Ich stöhnte.

»Sind sie sicher, dass es eine Sirene war?«, wiederholte Lea.

Daniel nickte langsam. »Das ist richtig. Alle beschrieben dasselbe – eine Stimme, die sie von der anderen Seite des Ozeans rief. Sie scheinen keine Ahnung zu haben, warum sie ihr Boot auf die Insel gesteuert und es ordentlich demoliert haben. Ich konnte die Küstenwache gerade noch abwehren, weil alle wohlauf und in Sicherheit waren. Glücklicherweise ist diese spezielle Insel nicht allzu felsig. Es gab Bedenken, dass sie auf See verloren gegangen wären, obwohl das Wetter gut war.

»Das andere Problem? Ein lokales Fischerboot berichtete dasselbe. Sie sind mit ihrem Boot auf derselben Seite der Insel aufgelaufen. Alles deutet auf etwas... Nun, etwas Übernatürliches hin. Nach allem, was vor ein paar Monaten mit den Gänseblümchen passiert ist, ist das Letzte, was diese Stadt braucht, eine Menge Aufmerksamkeit darüber, welche Art von Magie wir hier vielleicht anwenden. Ich dachte, wir sollten besser herausfinden, was als Nächstes zu tun ist.«

Ich seufzte leise. Und gerade dachte ich, langweilig wäre eine gute Sache.

Die Nachricht über die angebliche Sirene auf der Insel vor der Küste verbreitete sich schnell in der Stadt. Gut, dass ich viel Hilfe bei meiner Hochzeitsplanung hatte, denn alles deutete auf ein Problem hin. Genauer gesagt, ein Sirenenproblem. Laut den Geschichtsbüchern war es gut dreihundert Jahre her, seit es einen aufgezeichneten Vorfall mit einer Sirene gegeben hatte. Wie das Schicksal es wollte, musste ausgerechnet eine in der Nähe von Charm Cove, Maine, auftauchen, Wochen vor meiner Hochzeit.

1-Klick : Siren Song Gone Wrong

Wenn du Updates zu meinen neuen Veröffentlichungen und anderen Neuigkeiten erhalten möchtest, melde dich für meinen Newsletter an: subscribepage.io/sTrNBG

MEINE BÜCHER

Vielen Dank, dass du diese Geschichte gelesen hast! Ich hoffe, dir hat die Magie gefallen. Falls ja, hier sind einige Möglichkeiten, wie du anderen Lesern helfen kannst, meine Bücher zu finden.

1) Schreib eine Bewertung!

2) Melde dich für meinen Newsletter an, um Informationen über neue Veröffentlichungen zu erhalten: subscribepage.io/sTrNBG

3) Like meine Facebook-Seite unter https://www.facebook.com/lucymayauthor/

Wicked Good Mystery Series

Destiny's A Witch

Hex Me Not

Spells & Silver Bells

The Great Maple Caper

Oopsy Daisy

Siren Song Gone Wrong

Pumpkin Patch Murder

This Good Witch Mystery Series
Wish Upon A Witch
A Stormy Spell
A Stitch of Magic
Bee Charmed
Lemon Tea Cozy Mysteries
Witch You Wouldn't Believe
A Spell to Tell
Witch is When it Gets Crazy

Lucy May liebt Kaffee, Hunde, Kochen und Schreiben. Sie ist eine fehlplatzierte Südstaatlerin, die in Maine lebt. Sie hat gelernt, die vier Jahreszeiten zu lieben, sehnt sich aber immer noch nach den verschlafenen Sommern des Südens. Sie stellt sich gerne vor, dass sie in einem anderen Leben vielleicht eine Hexe war, und glaubt nach wie vor an Magie. Sie vertreibt sich die Zeit damit, alberne, freche und sexy paranormale Geschichten zu spinnen.

Facebook

www.ingramcontent.com/pod-product-compliance
Lightning Source LLC
Chambersburg PA
CBHW070654010826
48975CB00013B/1174